Casper Karl Müller

Joh. Heinrich Waser

der zürcherische Volkswirtschafter des 18. Jahrhunderts...

Casper Karl Müller

Joh. Heinrich Waser
der zürcherische Volkswirtschafter des 18. Jahrhunderts...

ISBN/EAN: 9783743613911

Hergestellt in Europa, USA, Kanada, Australien, Japan

Cover: Foto ©Raphael Reischuk / pixelio.de

Weitere Bücher finden Sie auf **www.hansebooks.com**

Joh. Heinrich Waser,

der zürcherische Volkswirthschafter des 18. Jahrhunderts,

seine Bestrebungen und Schicksale

und sein

statistischer Nachlaß,

fortgeführt bis zur Gegenwart

von

C. K. Müller,

Chef des kantonalen statistischen Bureaus.

Separatabdruck
aus dem „Zürcher Jahrbuch für Gemeinnützigkeit 1877", S. 86—166.

Zürich.
Druck von J. Herzog.
1878.

Leben und Streben Waser's, wie auch sein unglückliches Ende sind in sehr vielen Schriften dargestellt worden; zu wenig wird aber in denselben hervorgehoben, was Waser auf dem Gebiet der Volkswirthschaft geleistet hat. Was er mühsam jahrelang sammelte, ist der Nachwelt fast ganz unbekannt geblieben; die Ergänzung dieser Unterlassung ist nicht nur eine Pflicht der Nachwelt, sondern ist selbst von großer Bedeutung für Volkswirthschaft und Statistik. Es rechtfertigt sich daher wohl, wenn versucht wird, von diesem ausgezeichneten Gelehrten des vorigen Jahrhunderts ein möglichst unpartheiisches Lebensbild zu entwerfen. Neben dem bisher noch gänzlich unbekannt gebliebenen Nachlaß Waser's wurden hiefür benutzt:

1. Helvetia, Denkwürdigkeiten der schweiz. Eidgenossenschaft. IV. Bd. Aarau 1828.
2. J. J. Leuthy, Geschichte des Kantons Zürich. I. Bd. Zürich 1843.
3. Archiv für schweizerische Geschichte. IX. Bd. 1853.

In der zweiten Hälfte des vorigen Jahrhunderts war, wie genügend bekannt, in der Stadt Zürich ein reges, wissenschaftliches Leben erwacht. Vor allen ähnlichen Gesellschaften zeichnete sich die „physikalische", jetzt naturforschende Gesellschaft durch ihre Thätigkeit und ihre verständigen Forschungen aus. Zu ihren talentvollsten und anregendsten Mitgliedern ist wohl J. H. Waser zu rechnen, der schon als Studirender in der Gesellschaft Aufnahme fand und sich durch sein Talent für die mathematischen Fächer und durch seine seltene Gelehrsamkeit auszeichnete. Mit allen Zweigen der exakten Wissenschaften war er bekannt und vertraut, und seine hinterlassenen Werke und Manuskripte zeugen von seiner umfassenden Bildung und streng wissenschaftlichen Forschung.

Leider bot ihm seine Vaterstadt, auf die er für seine Zeit allein angewiesen war, keinen seinem Talent angemessenen Wirkungskreis. Die Theologie war fast ausschließlich von Staatswegen begünstigt und zog Viele in ihren Kreis, die sonst andere Wege ergriffen hätten. Dieser Umstand war wohl auch entscheidend, daß Waser sich der Theologie zuwandte. Er erhielt 1762 im Alter von 22 Jahren die Ordination, aber erst den 5. April 1770 eine Pfarrstelle an der Filiale zum Kreuz (Neumünster), auf welche er sich als einziger Aspirant gemeldet hatte.

Ein eigenthümlicher Charakterzug Waser's, der unstreitig auch die Ursache der einseitigen Beurtheilung seiner Person gewesen ist, war seine Neigung, alle Handlungen und Lebenserscheinungen mit mathematischer Genauigkeit abzuwägen und was er nicht probehaltig erfand, zu verwerfen und rücksichtslos zu verfolgen. Diese Wahrnehmung an Waser ist nicht befremdend, da ja selbst seine Gegner zugestehen: „daß er ein Feind selbst der verzeihlichsten Zerstreuungen und Lustbarkeiten, ein Beispiel der Zucht und Keuschheit, der Enthaltsamkeit und eingezogenen Sitten, ein guter Ehegenoß und Vater in seinem Hause, und außer demselben gegen Jedermann ein Mensch von unbegrenztem Diensteifer gewesen".

In seinem neuen Wirkungskreis fand er bald, daß die Verwaltung der öffentlichen Güter und die Verwendung der Gelder nicht durchweg ihren Zwecken entsprachen. Die Hungersnoth der Jahre 1771 und 1772 stellte große Anforderungen an die Armenbesorgung, und die Gemeindeverwaltung entsprach dem Bedürfnisse nicht in dem Maße, wie Waser wünschte, was ihn veranlaßte, hiefür sein Frauenvermögen in Anspruch zu nehmen. Er trat endlich klagend bei den Obervögten gegen die Vorsteher der Gemeinde auf, daß sie die öffentlichen Gelder ihrer Bestimmung entfremden. Die Klage war insoweit begründet erfunden, daß die Vorsteher zum Ersatz von 157 Pfund und 24 Pfund Buße verurtheilt wurden. Die Vorsteher bezahlten aber die Buße aus der Gemeindekasse und brachten dieselbe in Rechnung, vorgebend, die eingeklagten Uebelstände datiren aus frühern Zeiten her und die Obervögte wendeten nichts dagegen ein. Das veranlaßte Waser zu neuen Beschwerden; auch verzeigte er Stadtherren, die ein berüchtigtes Schenthaus in der Gemeinde besuchten. Die Obervögte waren genöthigt, wider Willen den Wirth zu bestrafen. Zuletzt wurde Waser selbst den Obervögten lästig; sie wiesen ihn ab, „er solle sich nicht in Sachen mischen, die ihn nichts angehen". Da Waser sich an die kantonale Almosenpflege wandte und klagend bei der Obrigkeit gegen die Obervögte auftrat, verklagten ihn diese ebenfalls als Ruhestörer und Unfriedenstifter. Waser wurde den 16. Februar 1774 seiner Stelle entsetzt und für 4 Jahre unfähig erklärt, eine Pfarrei zu erhalten. Den Obervögten wurde dagegen für ihre „rühmliche, kluge und gerechte Amtsverwaltung das allerkräftigste hochobrigkeitliche Wohlgefallen" ertheilt. Dieser Fall ist nicht einzig in der zürcherischen Rechtsgeschichte. Auch andere Männer, wie selbst Lavater, wurden bestraft, weil sie gewissenlose Beamte, gegen die man strafrechtlich einschreiten mußte, denunzirt hatten.

Wenn auch verbittert über diese ungleiche Elle, widmete Waser seine unfreiwillige Muße wissenschaftlichen Forschungen und literarischen Arbeiten. Da diese letztern nur spärlichen Gewinn boten, mußte das Frauenvermögen zum Unterhalt seiner aus sechs Personen bestehenden Familie und zu Anschaffung von gelehrten Werken in Anspruch genommen werden.

Betrachtet man ihn nur als Statistiker, so setzt er in wahres Erstaunen, wie er zerstreutes Material zu finden wußte, mit Bienenfleiß Zahlen um Zahlen zusammensetzte, um nur eine einzige Zahl daraus zu bilden; wie er den oft ungefügigen Stoff zusammenpaßte, um ein sicheres Resultat zu gewinnen, wie er den gewonnenen Resultaten die richtigste, verständlichste Form zu geben verstand. Wenn nicht ein zu frühzeitiger gewaltsamer Tod seinem Wirken ein Ende gesetzt hätte, wäre er sicher neben vielen andern ausgezeichneten Leistungen der Gründer einer rationellen Statistik geworden. Wie exakt er arbeitete, beweist eine im Manuskript erhaltene Mortalitätstabelle,* die er auch in graphischer Form darstellte und welche mit denjenigen der besten Rentenanstalten übereinstimmt, wenn man die jetzigen veränderten und günstigern Lebensverhältnisse berücksichtigt.

Im Druck sind von Waser erschienen:

1. **Abhandlung über die Größe der Eidgenossenschaft und des Kantons Zürich nach eigener Vermessung.** Diese wurde mit Hülfe eines Mikrometers, den er selber auf eine Horntafel einkritzte, nach den besten ihm zur Verfügung stehenden Karten ausgeführt. Die Fehler, welche dieser Art der Vermessung anhaften mußten, fallen zum großen Theil auf die Ungenauigkeiten der Karten. Wo die gegenwärtigen Gemeindegrenzen mit den frühern zusammenfallen, findet sich eine ziemlich genaue Uebereinstimmung.

2. **Betrachtungen über die Zürcher'schen (der Stadt) Wohnhäuser, vornämlich in Absicht auf die Brandkassen, sammt einigen andern dahin einschlagenden ökonomisch-politischen Bemerkungen. Zürich. Orell, Geßner, Fueßlin & Comp. 1778.** — Dreißig Jahre später wurde auf Grundlage dieser Schrift im Kanton Zürich die kantonale Gebäudeassekuranz eingeführt. Neben den Betracht-

---

* Siehe Zeitschrift für schweizerische Statistik, Jahrgang 1877, Seite 217.

ungen über die Wohnhäuser bildet diese Schrift eine beachtenswerthe volkswirthschaftliche Studie. Sie enthält: a) Geschichte der Häuserpreise; b) Statistik der landwirthschaftlichen Produktion des Kantons Zürich; c) Konsum der Lebensmittel; d) Vergleich des Konsums mit der eignen Produktion; e) Rentabilität einzelner Berufsarten und Lohn der Hülfsarbeiter; f) Berechnung der unumgänglichen Baar-Ausgaben einer geringern, mittlern und vornehmen Haushaltung, zu 5 Personen angenommen, nach den einzelnen Landesgegenden:

Geringste in Dörfern 177 bis 231 fl., in Städten 245 bis 340 fl.
          "   = 413 " 539 Fr.,   = 572 " 793 Fr.
Mittlere   "   204 " 544 fl.,   " 340 " 885 fl.
          = 476 " 1266 Fr.,   = 793 " 2065 Fr.
Vornehmste "   408 " 630 fl.,   " 818 " 1115 fl.
          = 952 " 1470 Fr.,   = 1907 " 2935 Fr.

„Das elendeste Handwerk", bemerkt Waser, „haben die Zinslibider, die abgesetzten Pfarrer, die sonst nichts als predigen können und die, welche stets auf dem oberkeitlichen Schimmel herum zu reiten sich genöthigt sehen. Vor solchem Elend bewahre Gott jeden redlichen Mann und unsere Kinder und Kindeskinder von nun an bis in Ewigkeit, Amen!"

3. Abhandlung vom Geld. Zürich. Orell, Geßner, Fueßlin & Comp. 1778. — Dieses Werk ist mit außerordentlichem Fleiß zusammengestellt und war von großer praktischer Bedeutung für die damalige Zeit, ein zweckmäßiger Leitfaden in dem Augiasstall der verschiedenen Münzwährungen. Die fortwährenden, oft rasch auf einander folgenden Abänderungen im Münzfuß hatten auch ganz verschiedene Werthe derselben Münzsorte und daher entstehende ökonomische Nachtheile für das Publikum zur Folge. Waser hat es unternommen, die Münzsorten, wie auch die Preise des Getreides, des Weines, kurz alle Angaben von Geldwerthen auf den Münzfuß von 1760 (den 22 fl.-Fuß) zu rebuziren, der dann bis auf unsere Zeit geblieben ist. Viele Handelsgegenstände sind allerdings gegenwärtig viel theurer, als vor 100 Jahren; andere, namentlich Fabrikate, sind ebensoviel billiger. Merkwürdig bleibt indessen, daß der Preis des Getreides Jahrhunderte hindurch nicht wesentlich sich verändert hat, wie aus den nun mehr als 300 Jahre umfassenden und uns durch Waser erhaltenen Angaben hervorgeht.

Ein Vorschlag Waser's, dessen Ausführung erst der französischen Revolution von 1789 vorbehalten war und eigentlich erst in der Neuzeit zur allgemeinen Geltung gekommen ist, bezweckte eine rationellere Ordnung in den Münzwirrwarr zu bringen.

Er sagt: „Alles, was ein Landesherr eigenmächtig thun könnte, um das Münzwesen auf einen sichern Fuß zu setzen, wäre, daß er mit Hintansetzung aller bisher gewohnten Münznamen nur bloß auf das Gewicht Stücke von bestimmter Güte ausmünzte und dieser neuen Münze den Werth durch den Handel bestimmen ließe. Vornämlich würde man hiebei gewinnen, daß der Münzfuß ein für allemal fixirt und die Eigenthümer gegen den Verlust ihres Vermögens, der sonst bei jeder neuen Ausmünzung unvermeidlich ist, gesichert wäre."

Eine kölnische Mark fein Silber sollte nach seinem Vorschlag in zehntels Mark (Thaler), hundertstels Mark (Zechner), tausendstels Mark (Schilling) und zehntausendstels Mark (Pfennig) ausgemünzt werden.

1 Mark = 10 Thlr. = 100 Zechner = 1000 Schilling = 10,000 Pfg.
  1 „ = 10 „ = 100 „ = 1,000 „
          1 „ = 10 „ = 100 „
                   1 „ = 10 „

oder 1 Thaler = 5_{19678} fr. Fr., 1 Zechner = 52 Cent., 1 Schilling = 5_2 Cent. und 1 Pfennig = 0_{52} Cent.

Diese Münzeintheilung hätte sich der bestehenden sehr genähert und das Rechnen außerordentlich erleichtert.

Seine Abhandlung vom Gelde würde uns Waser allein schon als berufenen Volkswirthschafter zeigen, selbst wenn nicht aus allen seinen Bestrebungen hervorginge, daß er nur das Volkswohl im Auge behalten hat.

In einem fragmentarisch erhaltenen Aufsatz geißelt Waser die Verirrungen wissenschaftlicher Bestrebungen, namentlich der Naturkunde. Er sagt darin:

„Es muß vormals ein sehr wunderlicher und verderbter Geschmack Mode gewesen sein und die Menschen viele Jahrhunderte hindurch nicht das gesehen haben, was die Gegenstände zeigten, sondern vielmehr, was die Phantasie gern sehen wollte und was man durch irgend einen Betrug dem unwissenden Pöbel vorspiegelte."

Er führt dann allerlei Märchen aus frühern Naturgeschichten auf, die theilweise auch uns noch in unserer Jugend zur Lektüre geboten wurden, und sagt weiter:

„Wer von diesen Sachen viel schwatzen konnte, der ward für einen großen Philosophen gehalten; wer sich aber an dem Einfältigen genügen ließ, in der Stille die Natur beobachtete, ihren Gesetzen nachspürte und sie etwa geschickt nachzuahmen verstand, den sah man, so lange seine Kunst kein Aufsehen machte, als einen Idioten mit Verachtung an. Sobald er aber seine Bekanntschaft mit der Natur und richtigere Einsichten verrieth, hieß er ein Ketzer und stand in Gefahr, auf dem Scheiterhaufen zu braten!

Sobald der unnütze Plunder aus der Naturgeschichte ausgemustert war, stieß die Beobachtung auf etwas Gutes und Nützliches; sobald die Meerwunder und Abenteuer verloren gingen, haben wir uns selber gefunden. Die Naturgeschichte des Menschen ist an die Stelle der Erdichtungen und Fabeln getreten und zu einem wesentlichen Theil der Weltweisheit geworden; erst da hat man angefangen, den ordentlichen Zug des Lebens: der Fortpflanzung und des Sterbens mit ihren Verhältnissen zu beobachten und daraus richtige Schlüsse zu ziehen."

Waser bespricht sodann die Bedeutung von Volkszählungen und die Wichtigkeit, daraus eine Absterbeordnung abzuleiten. Mit der dazumal hierauf bezüglichen Literatur zeigt er eine auffallende Bekanntschaft und Vertrautheit. Von seinem Heimatskanton entwirft er folgendes Bild:

„Was den Zustand dieser Wissenschaft und die hiezu nöthigen Hilfsmittel bei uns betrifft, so hat es damit eine solche Bewandtniß, daß wir uns gar wohl und mit Ehren vor dem Publiko dürfen sehen lassen. Unsere bürgerliche Verfassung und Kriegsdisziplin und andere besondere Umstände nöthigten unsere Voreltern viel früher als sonst irgendwo in der Welt, solche Anstalten zu errichten, aus denen wir jetzo noch den Zustand des Vermögens und der Bevölkerung unsers Landes bis gegen 400 Jahre zurück und ununterbrochen auf jede besondere Epoche bestimmen können. Unsere Taufbücher sind fast 100 Jahre älter, als die Londoner, folglich könnte man auch die Bevölkerungsgeschichte um so viel früher anfangen. Die Termini medii, die man als unentbehrliche Formeln zur politischen Rechenkunst aus den Beobachtungen und Vergleichungen herauszieht, müßten um ebensoviel, als die Beobachtungen länger fortgesetzt worden sind, auch desto zuverlässiger sein, und bei so vielen Hülfsmitteln könnte man dann auch ganz eigentlich erkennen, was für einen Einfluß eine mehr oder weniger gesunde Luft und die Feuchtbarkeit der Jahrgänge für die Bevölkerung eines Landes haben. Ich sehe es als einen wichtigen Beitrag zur Bevölkerungsgeschichte an, daß ich von unserem Kantone mehrere dergleichen zuverlässige und genaue Verzeichnisse an's Licht bringen kann.

Die erste spezielle Abzählung der Einwohner des Zürichgebietes ist von 1467. Ich habe sie mit vieler Mühe und Sorgfalt aus den Steuerbüchern, die von diesem Zeitalter noch in dem Staatsarchiv vorhanden sind, ausgezogen und in die hier folgenden Tafeln eingetragen. (Sie finden sich aber nur nach den Herrschaften und Vogteien vor.) Sie sind sehr speziell nach einzelnen Dörfern und Höfen mit Angabe der Pfarrei und der Regierung, der sie unterworfen waren. Die Einwohner sind in zwei Klassen abgetheilt: Minderjährige und Erwachsene. Zu den Erwachsenen werden alle Einwohner über 15 Jahre gezählt. Diese alle mußten damals Jedes **5 Schillinge jährliche Leibsteuer und dann von allem ihrem Vermögen, Liegendem und Fahrendem, den 400sten Pfennig** ($2^1/_2$ %) nach der genausten Schatzung, die man ihnen beim Eid auflegte, bezahlen (1455 galt der Mütt Kernen 20 Schilling, 1468 36 Schill.), das ist neben Zehnten und Grundzins eine sehr beträchtliche Staatssteuer."

„Die drei folgenden Volkszählungen der Jahre 1529, 1588 und 1610 sind nach sehr speziellen Kriegsrodeln berechnet. Die dabei gebrauchte Methode ist zu weitläufig, als daß sie sich hier erklären ließe: für ihre Zuverläßigkeit kann ich stehen. Die Zählung von 1634 hat der sel. Antistes Breitinger veranstaltet. Sie wird in dem Kirchenarchiv in 4 Bänden aufbewahrt. Diese Volkszählung ist sehr speziell nach den Pfarreien, Dörfern und Höfen, einzelnen Häusern, Haushaltungen und den sich darin befindenden Eltern, Kindern, Gesinde, ihrem Alter und Religionsbekenntnissen abgefaßt. Sie sollte zur Beförderung des damals in Uebung gebrachten neuen Katechisationswerkes dienen und wurde mit großer Mühe durchgeführt. Es wurde angeordnet, daß je zu 6 Jahren um von den Pfarrern dergleichen Katalogi der Gemeinden eingesendet werden sollen."

Solche Aufzeichnungen finden sich jetzt noch auf dem Staatsarchiv aus verschiedenen Zeiten bis 1740 in größerer Anzahl vor.

„Die genaue und vollständige Volkszählung vom Jahre 1671 ist durch den damaligen Antistes, Kaspar Waser, veranstaltet worden.

Die Zählungen von 1678 und 1748 sind gleich drei frühern aus den Kriegsrodeln berechnet. Die Zählung von 1700 hat der berühmte Dr. Scheuchzer, dem die Naturhistorie Helvetiens so viel zu verdanken hat, aufgenommen.

Die von 1762 hat der sel. Antistes Wirz gesammelt. Diejenige vom Jahr 1771 hat der Zürch. Magistrat bei Anlaß der entstehenden Theurung mit größter Sorgfalt angestellt.

1773 wurde die Volkszahl nach Abzug der durch die Theurung und Hungersnoth verlorenen Einwohner berechnet."

Es scheint, daß die Volkszählung vom Jahr 1771 beim Volk auf großen Widerstand stieß, weil zugleich der Vorrath an Lebensmitteln angegeben werden mußte. Waser hatte sich daher veranlaßt gefunden, in einer Predigt das Recht der Obrigkeit zu solchen Zählungen aus dem alten und neuen Testament und aus der Geschichte der Römer und Griechen abzuleiten und seine Obrigkeit erhaben über alle Regierungen der Vorzeit darzustellen.

Wenn die Bevölkerungszahlen der einzelnen Zählungen so auffallend von einander abweichen, so findet man die Erklärung in den zeitweise furchtbar verheerenden pestartigen Krankheiten und Seuchen. Waser hat gesammelt, was er über Epidemien hat auffinden können.

Dezimirend wirkten dann auch auf die Bevölkerung Jahre der Theurung und Hungersnoth. Waser bemerkt hierüber:

„Ein Menschenverlust durch die Pest kann in 10 Jahren wieder ersetzt werden, aber mit dem Schaden der Theure und Hungersnoth hat es eine viel traurigere Bewandtniß. Nach der Theurung ist das übriggebliebene Volk ausgemergelt, muthlos, leidet an allem Nothwendigen Mangel und kann sich Jahre lang nicht erholen. Wenn dagegen eine Pestilenz vorbei ist, so sind die Uebriggebliebenen gar munter und freudig; die Verstorbenen haben Platz gemacht und Erbschaften hinterlassen und deßwegen heirathet, wer heirathen kann."

1628 verordnete der Rath von Zürich, daß eine schwangere Frau, die ihren Mann verloren hat, nicht eher als bis nach der Kindbett sich wieder verheirathen dürfe, unter Androhung der Strafe für Ehebrecher.

1611 verloren die vier Pfarrkirchen der Stadt über 7000 Einwohner und es blieben nicht viel über 5000 am Leben; diese sollen 1612 zusammen 470 neue Ehen geschlossen haben, also eine neue Ehe auf etwa 11 bis 12 Einwohner.

Von 1628 bis 1640 wurden nach Waser's Angaben durchschnittlich jährlich in den vier Pfarrkirchen 420 Kinder getauft, also ohne die todtgebornen und vor der Taufe verstorbenen Kinder, oder auf 28 lebende Personen ein getauftes Kind. Gegenwärtig würde erst auf 40 bis 45 Personen eine Taufe kommen können.

Rechnet man dazu, daß nach einer durchseuchten Ortschaft jahrelang eine geringe Sterblichkeit zu finden ist, so begreift man die unverhältnißmäßig rasche Ausgleichung, zumal wenn diese durch fruchtbare Jahre begünstigt wird. Als Beispiel führt Waser die Gemeinde Sennwald im Rheinthal an:

1629 zählte diese im Anfang des Jahres in 102 Haushaltungen 609 Seelen; im gleichen Jahre starben 54 Haushaltungen ganz aus und blieben blos 144 Einwohner am Leben. Dazu kamen in 5 Jahren 30 fremde Weiber durch Heirath hinzu und 1634 zählte die Gemeinde wieder 330 Einwohner, worunter bloß 45 nicht Gemeindegenossen.

Ungewöhnlich groß war in frühern Jahrhunderten die Kindersterblichkeit. Von sämmtlichen Todesfällen waren mehr als die Hälfte, oft ²/₃, Kinder; die Haushaltungsrödel zeigen auch durchschnittlich einen sehr geringen Familienstand, während die Verhältnißzahl der Geburten sehr groß war.

Welch' unausgesetzte Aufmerksamkeit Waser der Landwirthschaft zugewendet, für dieselbe gesammelt hat und auf Hebung und Verbesserung derselben bedacht war, ist bisher fast gänzlich unbekannt geblieben. Es ist nicht der Stubengelehrte, nicht der Theoretiker, der nach dem Wohl und Weh seines Landes fragt, sondern es ist der Volkswirthschafter, der weiß, warum er fragt und das Endziel seiner Forschung stets im Auge behält.

Er glaubte einen Rückgang der Landwirthschaft zu sehen und bemühte sich, denselben nachzuweisen. In der That zeigt eine vergleichende Uebersicht des Zehnertertrages während der Jahre 1639 bis 1657 und eines gleichen Zeitabschnittes der Jahre 1739 bis 1757 auch fast aller Orts einen etwelchen Minderertrag sowohl des trockenen wie des Weinzehntens. Es kann dieser Rückgang freilich nur ein scheinbarer gewesen sein und der Unterschied in der geringern und größern Fruchtbarkeit — und wohl auch in andern Ursachen liegen. Das scheint jedoch gewiß zu sein, daß die Landwirthschaft keine Fortschritte gemacht hatte und daß der Viehstand wirklich abnahm.

Sind das nicht Fragen, die eine weise Obrigkeit mehr hätten beschäftigen sollen, als freie Meinungsäußerungen auspionieren zu lassen und dieselben zu verfolgen? — Kann man sich eine Natur, wie Waser sie besaß, denken, ohne daß ihn politische Fragen, die so bedingend auf des Volkes Wohlfahrt einwirkten, lebhaft beschäftigen mußten?

Im Jahre 1775 richtete Waser eine Bittschrift an die Obrigkeit, daß ihm erlaubt werden möchte, wiederum ein Amt im Kirchen- oder Schuldienst in dero Landen und Herrschaften bekleiden zu dürfen, um für den

Unterhalt seiner Familie als treuer Hausvater sorgen zu können. Er verspricht, mit Vorsichtigkeit und Unverdrossenheit die übrige Lebenszeit dem treuen Dienste des Vaterlandes seine geringen Fähigkeiten zu widmen. — So ehrerbietig und maßvoll diese Bittschrift gehalten ist, war dieselbe wahrscheinlich doch nicht „unterthänigst" genug, wenn man sie mit andern ähnlichen Gesuchen vergleicht. Seine Bitte blieb unerfüllt.

Nach dem Vorbild anderer Staaten und auch anderer Kantone hatte sich allmälig eine Aristokratie gebildet, die nicht nur alle fetten Aemter unter sich vertheilte, sondern sich mehr und mehr von der übrigen Bürgerschaft und dem Einfluß der Zünfte abzulösen bestrebt war, nur auf Sicherung der eigenen Interesse bedacht war und jeden Eingriff in dieselben als Hochverrath zurückwies, wie dies nur zu augenscheinlich der „Stäfner Handel" aufweist.

Waser benutzte sein Recht als freier (?) Stadtbürger, auf der Zunft, der er angehörte, sich über Beeinträchtigungen durch die Obrigkeit auszusprechen. Er wurde vor eine Kommission beschieden, sollte Abbitte thun und eine ernstliche Warnung und hochobrigkeitliches Mißfallen entgegennehmen; er aber erschien nicht. Darauf wurde ihm der Besuch der Zunft verboten. Er wurde dadurch politisch mundtod gemacht, oder seines Aktivbürgerrechts entsetzt.

Waser war nunmehr seiner politischen Rechte als Staatsbürger beraubt, aber noch nicht überwunden; es blieb ihm die Oeffentlichkeit, zwar nicht in Zürich, wo die Censur jedes freie, öffentliche Wort im Keime erstickte. Dafür wurden ihm die Spalten einer in Deutschland weit verbreiteten, rühmlichst bekannten statistisch-politischen Zeitschrift (Briefwechsel von Hofrath und Prof. Schlözer in Göttingen) geöffnet. Aber nur auf Umwegen, durch dritte und vierte Hand, konnte er seine Manuskripte dahin gelangen lassen. Andere mit der Regierungsweise unzufriedene Bürger benutzten ebenfalls diese Gelegenheit, sich frei aussprechen zu dürfen.

Ein Artikel in Schlözer's Briefwechsel, scheinbar von geringer Bedeutung, der zudem vorher von Zunft zu Zunft als Manuskript gewandert und in mehrfachen Abschriften verbreitet war, gab den gewünschten Anlaß, gegen Waser einzuschreiten. Es war daher nicht der Artikel selber, der ihm als Verbrechen angerechnet wurde, sondern die Veröffentlichung eines Staatsgeheimnisses im Ausland wurde als Hochverrath taxirt.

Sehen wir nun dieses Staatsverbrechen Waser's: „Ursprung und Beschaffenheit des Kriegsfondes", etwas näher an.

Die Einleitung lautet: „Dieser Kriegsfond hat mit dem Jahre 1683 seinen Anfang genommen. Von der Veranlaßung dazu und der Art seiner Einrichtung lehrt ein Erkenntniß der Hherrn Geheimen- und Kriegsräthe vom 19. Dezember 1682 so viel: Es sei ein pium desiderium gewesen, daß die unter die Freikompagnien gehörige Mannschaft mit guten wollenen Casaques (Ueberröcken), ledernen Gurten, feinen Degen, Hüten und Bandelirungen versehen sein möchten; wie man denn allen Hherrn Quartier-Hauptleuten in Befehl gab, bei Anlaß der vorhabenden General- und Lärmen-Platz-Musterung Erinnerung zu thun, daß es jeder, der unter solche Frei-Kompagnie gehört, nach und nach anschaffe und sich damit ausrüste. Und weil (sagt die Erkenntniß) es nicht in eines jeden Vermögen und Gelegenheit ist, solche Montirung selbst machen zu lassen: also hat man einhellig für nützlich und sehr anständig angesehen, daß solche Casaques neben oberzählter Rüstung in ziemlicher Quantität, an einem sichern Ort in Vorrath aufbehalten, und denen, so unter solche Frei- oder andere Kompagnien gehören, in einem leidlichen Preis, je nach eines jeden Vermögen, zu kaufen gegeben würden. Die erforderlichen Geldmittel aufzubringen, hat man, anstatt der bisher üblichen Räth- und Bürgermähler, MGHrn., und denen, so auf Aemter oder Vogteien befördert worden, eine gewisse Anzahl Casaques, oder für jede 10 fl. in Geld zu bezahlen, auflegen und nachstehende Taxa ein für allemal festsetzen wollen: MGnHherr Burgermeister 250 fl., Statthalter, Seckelmeister und Obmann 200 fl., ein Rathsherr 150 fl.; die Landvögte zu Kyburg, Baden, Thurgau, Rheinthal, Lauis, freie Aemter, Eglisau, Wädensweil, jeder 150 fl.; der Obervogt zu Weinfelden, die Amtmänner im Frau Münster, zu Rüti, Kappel, Embrach, jeder 125 fl.; Kornamt, Sihlamt, Hinteramt, Winterthur, Amt Stein, Küsnacht, für jedes 100 fl.; die Landvögte zu Grüningen, Sax, Sargans, Luggarus, Regensberg, Andelfingen, Greifensee, Knonau, Lauffen, jeder 80 fl.; jeder Hherr des Großen Rathes, Bauamt, Spitalamt, Schultheiß, Salzhausschreiber, die Landvögte zu Mendryß, Mainthal, Steinegg, Hegi, Pfyn 50 fl.

Ueber diesen Kriegsfond sind alle Rechnungen vom Jahr 1684 bis 1798 vollständig noch erhalten und befinden sich im Staatsarchiv. Daraus geht hervor, daß zwar die statutgemäßen Einzahlungen mit der größten Genauigkeit eingezogen wurden und allfällige saumselige Zahler zwei und drei Jahre als Restanzen nachgeführt worden sind; daß es aber vollständig ein frommer Wunsch blieb, aus diesem Fond militärpflichtigen Angehörigen der Stadt oder der Landschaft die Anschaffung ihrer militärischen Ausrüstung zu erleichtern. Diesen ist auch nicht ein Centime zugekommen. Im Jahr 1712 betrug der Fond bereits 35,906 fl. 22 ß. Er war in Baar aufbehalten worden und wurde in 34 Säcken dem Herrn Christoph Werdmüller zur Bestreitung der Kriegsauslagen eingehändigt. Im Jahr 1734 war derselbe an Baar aufbewahrtem Geld wiederum auf 35,756 fl. 13 ß. angewachsen.

Im Jahr 1737 wurde dem Kloster St. Bläsi aus dem Fond ein Anleihen von 25,000 fl. gemacht, als erster zinstragender Posten. – Dieses Anleihen wurde 1754 zurückbezahlt und, da der Fond bereits aus 71,251 fl. bestand, der Gemeinde Marthalen bis 1766 ein unverzinsliches Anleihen von 30,000 fl. gemacht.

Im Jahr 1758 wurden für 27 Stück neue Fähnlein 1255 fl. 20 ß. verausgabt und von da an erhielt Adjutant Heinrich Egli von Fluntern ein jährliches Wartgeld von 150 fl.

Im Jahr 1772 war der Fond folgendermaßen zinstragend angelegt worden: Die Gemeinde Marthalen hatte 8000 fl., das Stift St. Gallen 30,000 fl., das Gotteshaus Engelberg 16,000 fl., das Gotteshaus Rheinau 5000 fl., das Militärmagazin 20,000 fl. und an Baar 18,578 fl., gleich 97,578 fl. Von diesem Zeitpunkt an war ein Depot für alle Militärartikel errichtet worden, welches die Ausrüstungen jedenfalls nicht unter dem selbstkostenden Preis abgab, die jedoch auch keinen Gewinn abwarfen, da die Verwaltungskosten aus den Kapitalzinsen bestritten wurden.

Eine Pflicht der Obrigkeit war es jedenfalls nicht, die Räth- und Bürgermähler abzuschaffen und statt derselben einen Kriegsfond zu bilden; sie konnte darüber auch nach ihrem Gutfinden verfügen. Es ist nur auffallend, daß man so bald die gute Absicht vergaß und ein fast völlig todtes Kapital sammelte.

1790 betrug der Fond 120,088 fl. 31 ß., wovon 111,882 fl. zinstragend waren.

Die letzte Rechnung vom Jahr 1798 weist 124,000 fl. auf, davon mußte der Fond auf Befehl der provisorischen Regierung 10,000 fl. an die Kriegssteuer, von 30,000 fl., welche die Stadt an die Landschaft zu bezahlen hatte, abgeben.

Dem Artikel über den Kriegsfond in Schlözer's Briefwechsel war die verhängnißvolle Anmerkung beigefügt: „Dieser Kriegsfond wird für jetzt ganz wider seine Bestimmung angewandt! denn der unvermögende Landmann

15

(jeder zürcherische Angehörige, er sei wer er wolle, muß Militärdienste thun, und darum montirt und armirt sein) sollte daraus zu Anschaffung seiner Kriegsbedürfnisse unterstützt werden. Und jetzt empfängt Niemand etwas; vielmehr wird ein verderblich monopolischer Handel mit Kriegsbedürfnissen aus einem Theil der Gelder betrieben und der arme Landmann mit unbarmherziger Strenge, sich von da mit Montur und Armatur zu versehen, angehalten. In einer Rubrik von Ausgaben steckt ein bloßes Geschenk. Ein Beispiel kommt auch vor, wo einer von der Regierung solche Gelder unter eigenem Namen angelegt hat".

Diese Anmerkung war es hauptsächlich, die als Hochverrath angesehen wurde, geeignet, die bereits gereizte Bürgerschaft und vornämlich die Landbevölkerung gegen die rechtmäßige, von Gott eingesetzte Obrigkeit aufzuwiegeln und zum Aufruhr zu verleiten. Waser erschien als der gefürchtete Organisator der Widersetzlichkeit gegen die sich als unfehlbar betrachtende Regierung. Eine Rechtfertigung wäre der Obrigkeit wohl nicht schwer geworden, da sie über die Bildung und Verwendung des Fondes genaue Rechnung geben konnte. Man muß deßhalb nur die Kurzsichtigkeit beklagen, daß sie es unter ihrer Würde hielt, selbst vor der Burgerschaft oder den Zünften sich zu rechtfertigen.

Schon bei seiner Verhaftung, den 18. März 1780 erschien sein Schicksal entschieden: „Tod oder lebenslängliche Gefangenschaft". In den ersten Berichterstattungen wird er bereits „Der unglückliche Mann" geheißen und sehr streng verwacht. Dennoch gelang es ihm, sich aus dem Rathhaus, wo er gefangen saß, in die Limmat herabzulassen. Sein Entweichen wurde entdeckt, er wurde aus der Limmat herausgezogen und dann in Ketten und Banden gelegt und schließlich in den Wellenberg versetzt. Die bei seiner Wiedereinbringung thätig gewesenen Personen erhielten hochobrigkeitliche Dankschreiben und ansehnliche Belohnungen.

Wohl mit Recht mußten die Feinde und Gegner Waser's fürchten, daß unter der Bürgerschaft sowohl, als unter dem Landvolk das Staatsverbrechen, dessen Waser angeklagt war, keine so harte Strafe, wie ewige Gefangenschaft oder Hinrichtung, verdient habe, während die eine oder andere Strafe bereits beschlossene Sache war. Um der Entrüstung gegen Waser einen nachhaltigen Impuls zu geben, wurde die Vergiftung des Nachtmahlweines am Bettag 1776, deren Waser fortwährend in gewissen Kreisen beschuldigt worden war, wieder aufgefrischt.  Es wird zwar dieses Vorfalls in den Prozeßakten seiner Verurtheilung nur beiläufig Erwähnung gethan und es hätte daher auch aller und jeder Verdacht betreffend die Urheberschaft Waser's verschwinden sollen. Dennoch nimmt dieser Verdacht in dem Aufsehen, das der Prozeß hervorgerufen hat, eine erste Stelle ein. Meiners widmet in seinen Briefen aus der Schweiz (1784) diesem Ereigniß eine lange Abhandlung und läßt deutlich durchblicken, daß er Waser als den Urheber betrachte. Es ist selbst bemühend, daß gegenwärtig noch, also nach hundert Jahren, da doch gewiß die Partheilichkeit und Voreingenommenheit dahin fallen sollte, Waser als der Giftmischer betrachtet wird.

Der Vorfall ist folgender:

Am Bettag des Jahres 1776 wurde eine kleine Zahl von den 1200 anwesenden Personen nach dem Genuß des Abendmahlweins im Großmünster von Uebelkeit befallen; schlimmere Folgen sollen nicht eingetreten sein. Der Wein war schon am Abend vorher theils in zinnenen, theils in hölzenen Gefässen in die Kirche gebracht worden. Nun zeigte es sich, daß der Wein in mehreren zinnenen Gefässen trübe geworden und einen Niederschlag erhalten hatte, wodurch die erwähnten Folgen eingetreten sind; der Wein in den hölzenen Gefässen war unverändert geblieben und hatte auch keine schlimmen Folgen bewirkt. Die entstandene Aufregung der Gemüther machte daraus das entsetzlichste Verbrechen, das sich nur denken ließ. Als Beweis, daß dem Weine giftige Stoffe zugesetzt worden waren, diente die Trübung desselben und daß man nachher an dem Tischtuch Spuren wahrnahm, wie von schmutzigen an demselben abgetrockneten Händen.

Warum nun gerade Waser als der Thäter beschuldigt wurde, gründete sich auf den Umstand, daß er einen Schlüssel zur Kirche besaß, um auf dem Thurm astronomische Beobachtungen zu machen. Es ist aber nicht erwiesen, daß Waser am selbigen Abend die Kirche betreten hatte. Eine gerichtliche Untersuchung scheint gar nicht erfolgt zu sein. Einer seiner heftigsten Ankläger war Diakon Lavater gewesen. Seine im Druck erschienene Predigt nannte zwar Waser nicht, deutete aber wie mit Fingern auf ihn. In der letzten Lebensstunde sagte Waser zu Lavater, der ihn zum Tode vorbereitete: „Man hat mir Laster und Verbrechen aufbürden wollen, die mir nie in den Sinn kamen, die ich von ganzer Seele verabscheue; nichts hat mir so wehe gethan wie dieß; man hat mich zum entsetzlichsten Verbrecher machen wollen, und ich habe doch in meinem ganzen Leben wissentlich keinen Anlaß gegeben, irreligiöse Handlungen und lästerliche Gesinnungen wider die Religion von mir vermuthen zu lassen." — Lavater erwiederte nach seinen eigenen Aufzeichnungen:

„Ich erkenne mein Unrecht und bitte Euch herzlich um Verzeihung; es thut mir wirklich leid, daß ich mich gegen Euch versündigt habe. Aber Herr Chorherr Tobler hat mir letzten Donnerstag vollkommen alles, auch den leisesten Verdacht aus meinem Herzen vertilgt; aber schuldig bin ich, es Euch zu gestehen und herzlich um Verzeihung zu bitten, daß ich Euch beleidigt habe. — Ja auch ich war so unglücklich, den Verdacht in mir zu hegen, ja auch wohl ein= und zweimal auszusprechen, daß Ihr an der abscheulichen Gräuelthat mögt Theil genommen haben. Aber nicht wahr, Ihr verzeiht mir? Ich schäme mich; in mir ist der Verdacht völlig ausgetilgt und ich will gewiß allenthalben jeden Funken, so viel an mir liegt, zu unterdrücken suchen." —

„Ist's möglich", antwortete Waser, „mein werthester Herr Diakon, daß Sie so etwas sich konnten in den Sinn kommen lassen? — Ich glaube sicherlich, Herr Diakon, daß an der ganzen Sache nichts ist, als ein Versehen; ich kann mir keinen Menschen so verrucht denken!" — Auch Meiners bezeugt in seinen Briefen aus der Schweiz, Lavater habe zu ihm gesagt, er hätte anfangs auch Waser im Verdacht der Vergiftung gehabt, halte ihn nun aber für unschuldig. Rathsherr Hptm. Heidegger schrieb an Professor Schlözer: „Wir müssen nun einen Nachtmahlwein vergiftet haben, es mag wahr sein oder nicht, die Chronikschreiber haben diesen Titel und vermuthlich auch die gehaltenen Predigten darüber schon eingetragen, obgleich Hunderte von vernünftigen Zürchern so gut daran zweifeln, als der Berliner Untersucher. Einige Aerzte fanden zwar bei der Untersuchung giftige Droguen; das war für das große Publikum genug, Vergiftung! auszurufen. Die expediten Briefschreiber und Prediger versäumten die erste Post nicht, eine interessante Nachricht ihren Freunden und Zeitungsschreibern zu geben."

Diese Beweise und Zeugnisse mögen genügen, um einen höchst unheilvollen und ungerechten Verdacht von dem Gedächtniß Waser's abzuwälzen. Es ist genug an der Ungerechtigkeit, daß man ihn wegen eines bloß eingebildeten Verbrechens, denn als solches wurde es selbst in Deutschland angesehen, die Todesstrafe hat erleiden lassen.

Weit entfernt, einen Stein gegen seine Richter zu erheben, sie waren kurzsichtig, befangen durch die Ideen ihrer Zeit; aber beklagen dürfen wir ein Volk, das unter solchen Rechtsanschauungen steht, die keinen Haltpunkt in bestehenden Gesetzen finden.

Waser war ferner angeklagt, wichtige Dokumente (den Originalaufbrief der Grafschaft Kyburg und den Stadtfreiheitsbrief und einige andere Schriften), welche man ihm zum Kollationiren mit Abschriften übergeben hatte, zurückbehalten und behauptet zu haben, es seien von ihm alle erhaltenen Dokumente wieder zurückgesandt worden. Nach seiner Verhaftung kamen aber dieselben bei Anlaß der Hausuntersuchung wieder zum Vorschein.

Bei dieser Hausdurchsuchung fanden sich noch einige minderwichtige Gegenstände vor, die theils der physikalischen Gesellschaft, theils der militärischen Gesellschaft und der Bürgerbibliothek gehörten. Diese Anklagen erscheinen wohl in milderem Licht, wenn man aus seinen Arbeiten erkennt, daß er sie zu wissenschaftlichen Zwecken benutzt hat.

Dieser Kyburger Brief wurde dazu benutzt, Waser beim Landvolk als Landesverräther darzustellen, Waser habe die Absicht gehabt, diesen Brief an Joseph II. Kaiser von Oesterreich, auszuliefern, weil man Kaiser Joseph die Absicht zuschrieb, die ehemaligen helvetischen Besitzungen zurückzufordern, wozu ihm indeß der Wortlaut des Briefes kein Recht mehr zuerkannte.

Es ist bemerkenswerth, daß keines der Verhöre, auch nicht das Schlußverhör dieses Punktes, der doch so wichtig gewesen wäre, speziell erwähnt, während andere Bagatellsachen, wie die Zurückbehaltung eines Kupferstiches, mit großer Breite aufgeführt sind.

Im Finalverhör am 27. Mai, seinem Todestage, da sein Schicksal bereits entschieden war und Waser völlig resignirt alle Fragen bejahte, wird die Zurückbehaltung dieses Dokumentes nicht nur als ein eigentlicher Diebstahl, sondern als ein wirkliches Verbrechen gegen das Vaterland genannt. Waser machte hiezu den Zusatz, er habe die Dokumente niemals für so wichtig gehalten.

Unstreitig befürchtete Waser, was man im Verhör nicht deutlich genug heraussagte, könnte in ausführlicherer Form in das Urtheil aufgenommen werden, weßhalb er sein Urtheil anhören und je nach der Abfassung zu reden fest entschlossen war.

Ein Verbrechen in dieser Beziehung liegt daher absolut nicht vor, ja nicht einmal der Versuch zu einem solchen. Das mag man gefühlt haben. Und dennoch spielt dieser Kyburger Brief mit der Vergiftung des Nachtmahlweines im Prozeß Waser bis in unsere Tage die Hauptrolle.

Die größte Aufregung und Furcht erregte während der Kriminaluntersuchung eine Aussage Waser's, er habe an Prof. Schlözer seine Lebensbeschreibung gesendet und eine andere Schrift: „Zürich, wie es ist, nicht wie es sein sollte."

Man gab sich alle Mühe, in den Besitz dieser Schriften zu gelangen, oder wenigstens deren Veröffentlichung zu verhindern; man suchte sogar die Vermittlung der kurfürstlichen Regierung von Hannover nach und Raths= herr Heidegger wandte sich in weitläufigem Briefwechsel an Prof. Schlözer selbst. Schlözer erklärte, daß er weder im Besitz solcher Schriften sei noch irgend welche Kenntniß davon habe und daß dieselben nach seiner Ansicht gar nicht vorhanden seien. Zum Vorschein oder zu weiterer Kenntniß sind diese Schriften jedenfalls nie gelangt.

Prof. Schlözer erklärt auch in einem Briefe an Rathsherr Heidegger, daß die verhängnißvolle Anmerkung zum Kriegsfond von ihm selber redaktionell abgeändert worden und nicht so erschienen sei, wie Waser dieselbe geschrieben habe. Heidegger antwortet hierauf: „Die Abhandlung über den Kriegs= fond macht ihn nicht des Hochverrathes schuldig; aber Indiskretion ist es doch von ihm, da er als Bürger, als Privatmann, keinen Zutritt zur Staatsökonomie und derselben Rechnungen hatte, einen solchen Auszug in Manuskript herumzubieten und denselben nachher zum Druck zu befördern. So wenig nun diese Abhandlung Hochverrath ist, so macht sie doch ihren Verfasser zum boshaften Lügner, zum Feuerblaser für böse Bürger und Unterthanen auf unserer Landschaft; sie war für die Obrigkeit ein zureichender Grund, ihn mit Arrest zu belegen."

Um Waser auch als Mann und Charakter kennen zu lernen, braucht man nur ohne Voreingenommenheit zwei gedruckte Schriften zu lesen, welche Waser's Seelen= und Geisteszustand während seinen achtwöchigen Kerker= leiden schildern:

1. Gefängniß= und Todesgeschichte des unglücklichen Mannes H. Waser von Diakon und Leutpriester Kramer, und
2. Waser's letzte Stunden von Diakon Lavater.*)

„Da es einer hohen Landesobrigkeit", bemerkt Kramer, „sehr darum

---

*) Diese Schrift, die bald nach der Hinrichtung mit einer Predigt und einigen Briefen Waser's an seine Verwandten bei Baader in Schaffhausen im Druck erschienen war, hatte eine lange Untersuchung durch die Zensurkommission zur Folge. Das Proto= koll bemerkt hierüber: Es sei eine ärgerliche, unverschämte Schrift und enthalte viele ungereimte und unvernünftige Ausdrücke. Die Untersuchung ergab, daß diese Schrift= stücke in zahlreichen Abschriften verbreitet waren, daß zwar Diakon Lavater sie nicht dem Druck übergeben, gleichwohl aber die Korrektur des Druckes und darin einige Aenderungen vorgenommen hatte. Die Verbreitung der Abschriften sowohl, als der gedruckten Brochüre wurde bei Strafe und Ahndung verboten. Man befürchtete offenbar, es möchte diese Schrift eine mildere Beurtheilung des unglücklichen Mannes bewirken.

zu thun war, daß dieser verblendete Mann zu sich selbst möchte gebracht und zur Erkenntniß und Bereuung seiner großen Vergehungen geführt werden, so ward mir nebst den übrigen Geistlichen beim Großenmünster der Auftrag gemacht, ihn zu diesem Ende fleißig zu besuchen."

Waser's Auffassung, es sollte in der moralischen und sittlichen Welt Alles so ordentlich hergehen, wie in den Werken der Schöpfung, nennt Kramer einen einfältigen Einfall. Einmal sagte Waser, wenn er künftig wieder in der Freiheit leben könnte, würde er sich nicht mehr mit Politik oder Staatssachen abgeben, sondern die Naturwissenschaft sein liebstes Studium sein.

Wiederholt hatte Waser verlangt, vor seiner Verurtheilung noch einmal seine beiden Knaben sehen zu dürfen. Kramer suchte ihn zu bereden, diesen Wunsch zu unterdrücken, weil solches für ihn sowohl, als für seine Knaben schädliche Folgen haben könnte; allein mit aller Mühe war er nicht davon abzubringen. Sein Vatertrieb, sagte er, sei so unüberwindlich, daß er, wenn er darin nicht befriedigt werde, zur rechten Anwendung der noch übrigen Lebenszeit unmöglich die so nöthige Ruhe und Fassung des Geistes beibehalten könnte.

Ein Gebet, das ihm Kramer vorlas, wollte er nicht auf sich selber angewendet wissen; seinen Tod nehme er zwar als verdiente Züchtigung von Gott willig an, aber für einen solchen Bösewicht halte er sich nicht.

Auf seine beharrlichen Bitten wurde ihm endlich gestattet, an seine Frau und seinen Vater schreiben und mit seinen beiden Knaben reden zu dürfen. Als den Knaben dann der Zutritt zu ihrem Vater gestattet wurde, setzte er sie neben sich, ermahnte sie zu einem christlichen Lebenswandel und zur Frömmigkeit, bat sie herzlich um Verzeihung, daß sie durch ihn so unglücklich geworden seien. Die Knaben aber fielen ihm um den Hals, weinten und schluchzten und baten den Vater um Verzeihung, worüber alle Anwesende tief gerührt wurden. Beim Abschied segnete er sie und tröstete sie mit dem Wiedersehen im Jenseits; von seinen Richtern verlangte er, sie möchten dem ältern Knaben seine Liedersammlung, dem jüngern sein griechisches Testament und seinem Töchterchen ein Paar silberne Hemdenknöpfe als Andenken an ihren Vater verabfolgen lassen.

Da er hierauf und nach seinem Schlußverhör, in welchem er fast alle Fragen mit einem unbedingten „Ja" beantwortete, auffallend ruhig geworden war, las ihm Kramer ein Gebet vor, das er zu wiederholen wünschte und dabei die Stelle, die auf seinen nahen Tod Bezug hatte: „Verzeihe mir, o Gott! wenn mir vor diesem wichtigen Schritte schauert!" dahin abänderte: „O Gott! ich danke dir, daß mir vor diesem wichtigen Schritt nicht schauert!" —

Am Morgen vor seiner Hinrichtung, den 27. Mai 1780, wurde er von vier Pfarrern nach einander besucht. Von zehn Uhr an bis zum Zeitpunkt seiner Ausführung blieb dann Diakon Lavater bei ihm. Beim Lesen der sehr ausführlichen Beschreibung von Waser's letzten Lebensstunden drängt sich unwillkürlich das Gefühl auf, Diakon Lavater habe diese sehr ernsten Stunden zu einer psychologisch-physiognomischen Studie benutzen wollen. Wenn irgend Jemand noch nicht von der Unschuld Waser's überzeugt ist, der lese diese Schrift und er wird sie mit innigem Mitleid für diesen politischen Märtyrer weglegen. Wir entheben daraus nur folgende Momente: Waser wollte nicht zugeben, daß er um so strafbarer sei, weil er dem geistlichen Stand angehört hatte, da er seine Pflicht als Geistlicher auf's Gewissenhafteste erfüllt habe und so manchen seiner Amtsbrüder in Fleiß und Eifer hinter sich gelassen.

Lavater anerbot sich, diejenigen Personen in seinem Namen um Verzeihung zu bitten, welche er an ihrer Ehre angegriffen oder boshaft beurtheilt habe; wahrscheinlich werde er deßwegen in seiner Einsamkeit manche schwere Stunde gehabt haben. Waser antwortete ohne Zögern: „Ich weiß Niemand, den ich vorsätzlich und persönlich beleidigt und verleumdet habe." Lavater glaubte wohl dieser Aussage nicht, indem er hinzusetzt: „Es ging mir ein Stich durch die Seele, als er dieses sagte, ich wußte nicht, wie mich fassen". — „Darf ich hoffen", fuhr Lavater fort, „daß Ihr der Rache, dieser entsetzlichen Leidenschaft so Meister geworden seit, um in wenigen Stunden vor den Richterstuhl Gottes zu treten?"

„Ich habe", antwortete Waser, „keine Rache in meinem Herzen. Ich vergebe Allen, die mich gekränkt und beleidigt haben. Ich habe, Gott weiß es wie oft, für meine Feinde gebetet und besonders für die Obrigkeit zu Gott gefleht. Ich habe nie aus Rache, nur aus Nothwehr gehandelt. Das Wasser lief mir alle Tage in den Mund, und was blieb mir da übrig, um MGHerrn zu zwingen, mir ein ehrliches Stück Brod zu geben, als zu thun, was ich that!" —

Da Waser geäußert hatte, er wolle nach Anhörung seines Urtheilsspruches zu dem versammelten Volke sprechen, meinte Lavater, es könnte eine gute Wirkung thun, wenn er etwa folgendermaßen reden wollte: „Bleibe Jeder bei seinem Beruf! — Trauet der Obrigkeit! — Seht die traurigen Folgen der Rache!" — Diese Zumuthung schien Waser zu beleidigen, und er antwortete: „Vor dem Rathhaus will ich reden, je nachdem das Urtheil abgefaßt sein wird; ich werde gewiß reden, das bin ich mir selber schuldig; ich will wissen, was meine Verbrechen sein sollen; ich lasse mir nichts andichten!" Lavater nennt ihn dieser Aeußerung wegen einen Narren. —

„Wenn man Unwahrheiten sagt", fuhr Waser entrüstet fort, „wenn man mir Laster und Verbrechen anschreibt, von denen ich mich rein weiß, so kann, so will ich nicht schweigen! Ich bin es mir, bin es der Wahrheit und dem Vaterlande schuldig! Ich sehe gar nicht ein, wenn ich den Tod willig dulde, warum ich nicht reden, mich nicht rechtfertigen dürfte! — Ich habe es mit meinem Vaterland gut gemeint; ich kannte seine Gebrechen und wollte sie aufdecken!" —

Als nach 11 Uhr der Thurmhüter die Nachricht brachte, daß das Urtheil der Richter auf Tod laute, fragte Waser: „Enthaupten?" — Als der Thurmhüter die Frage bestätigte, sagte Waser so gleichmüthig, so unverändert, als ob es ihn nichts anginge: „Ich habe es erwartet!" —

Von 20 Richtern (der „neue" kleine Rath) hatten 12 für den Tod, 8 für lebenslängliche Gefangenschaft gestimmt. Waser zog den Tod dem lebenslänglichen Kerker vor, um seinem Vater nicht noch vermehrte Kosten zu verursachen! —

Beim Verlesen seines Urtheils hörte er auf zu beten und wollte dasselbe anhören. Als aber Geräusch entstand — wohl zufällig? — so daß er nichts verstehen konnte, setzte er ruhig sein Gebet fort.

Bis zum letzten Augenblicke bewahrte er so sehr seine Selbstbeherrschung, seine Seelenruhe, daß man ausrufen möchte: So kann nur ein Mann sterben, der sich bewußt ist, für eine gute Sache gekämpft zu haben! — Und auf welche Zeugnisse hin gelangt die Nachwelt zu dieser Schlußfolgerung? Es ist das Zeugniß von Männern, die ihn für einen Staatsverbrecher, Missethäter, Dieb und Lügner hielten und sich alle Mühe gaben, diesen verblendeten Mann zu sich selbst, zur Erkenntniß und Bereuung seiner großen Vergehen zu bringen! — Wenn wir diesen Männern ihrer Auffassung, ihrer Ueberzeugung wegen keinen Vorwurf machen wollen, wird die Nachwelt, welche von der Staatsgewalt andere Begriffe gewonnen hat, auch nicht zu tadeln sein, wenn sie diesem Märtyrer, der für Recht und Wohlfahrt der Mitmenschen unerschrocken in die Schranken trat und gekämpft hat, volle Gerechtigkeit zu Theil werden läßt! —

Noch ist der Bann nicht gehoben, noch sind die Fesseln nicht voll und ganz gebrochen, die seit hundert Jahren seinen guten Namen entehrt und geschändet haben. Es ist nicht die Schuld der Nachwelt; zeige man den Mann, wie er gelebt, gestrebt und gewirkt hat und sein Todestag wird in zwei Jahren nach Verfluß eines vollen Jahrhunderts als der eines Märtyrers gefeiert werden.

Sollte mir das gelingen, würde ich es zu den schönsten und höchsten Errungenschaften meines Lebens zählen.

Was ist aus seiner Familie, aus seinen Kindern geworden? werden wohl Viele theilnahmsvoll fragen.

Wenige Zeilen, die ich über sie auffinden konnte, geben Zeugniß einer **tragischen, verhängnißreichen Familiengeschichte.**

Der ältere Sohn Joh. Heinrich, beim Tode seines Vaters 13 Jahre alt, schrieb an seinen gefangenen, dem Tode entgegensehenden Vater einen sehr zärtlichen Brief und sagt darin:

„Ich will an meiner äußerst betrübten Mutter erweisen, was ich Euch nicht mehr erzeigen kann und will mit meinen sehr betrübten Geschwistern als ein liebreicher und christlicher Mensch leben!" —

Er hat wohl sein Versprechen nicht halten können; er hatte die Knopfmacherei erlernt, trat dann in östreichischen Militärdienst und fiel 1796.

Der jüngere Sohn, Salomon, geb. 1771, wurde Buchbinder und trat dann in die franz. republikanische Armee. Wann und wo er auf dem Schlachtfeld geblieben ist, gelangte nie zur Kenntniß seiner beklagenswerthen Mutter, die endlich auch 1806 die lang ersehnte Ruhe fand.

Das Töchterchen Anna Kleophea, geb. 1772, dem wohl ein ebenso freudenleeres Loos zu Theil geworden ist, starb in der theuren Zeit 1816.

Was die Familie nach dem Tode Waser's zu leiden hatte, geht aus einer Notiz hervor, die sich in Monnard's „Geschichte der Eidgenossen" findet. Gerold Meier von Knonau schrieb an den Verfasser: „Mein Vater, welcher den ältern Knaben Waser's bald nach der Hinrichtung seines Vaters kennen lernte, vertheidigte ihn gegen Kränkungen roher Jungen, ging oft absichtlich mit ihm durch die Straßen und begleitete ihn in seine Wohnung."

Frau Pfarrer Waser, geborne Scheuchzer und Schwester von Landvogt Scheuchzer, war deßhalb genöthigt im Jahr 1786 Zürich zu verlassen und sich mit der Familie nach Lenzburg zu begeben, sie kehrte 1790 wieder zu ihrem Bruder zurück, welcher 1794 starb. Ihre weitere Verwandtschaft scheint nicht sehr rücksichtsvoll gegen sie gehandelt zu haben.

Waser's statistisch-volkswirthschaftlicher Nachlaß
mit Erweiterungen und Ergänzungen bis zur Gegenwart.

Zu den werthvollsten Arbeiten Waser's gehören seine Aufzeichnungen über die verschiedenen Volkszählungen unsers Kantons, die uns nur durch ihn, theils gemeindeweise, theils nach Vogteien und Herrschaften erhalten worden sind. In Hinsicht auf Gebietseintheilung und Größe der Gemeinden (Kirchgemeinden) sind allerdings im Laufe des langen Zeitraums vielfache Veränderungen vorgekommen, wie Abtrennung und Zutheilung einzelner Gemeindetheile. Diese gemeindeweisen Angaben über die Bevölkerung sind unstreitig auch ein Stück Gemeindsgeschichte und können als Anhaltspunkte dienen über die Ursachen der Vermehrung und Verminderungen der Einwohnerzahl, die einer eingehenden Durchforschung werth und an vielen Orten durch die noch erhaltenen Kirchenbücher, sowie durch das auf dem Staatsarchiv aufbewahrte Kirchenarchiv möglich ist. Dieses Kirchenarchiv bietet reiche Ausbeute über den Personenbestand aus sehr vielen Zeitabschnitten für einzelne Gemeinden.

Wie Waser richtig bemerkt, haben pestartige Krankheiten, Mißwachs und davon abhängige Hungersnoth, aber auch Jahre großer Fruchtbarkeit sehr großen Einfluß auf die Bevölkerungsbewegungen. Die Bevölkerungszahlen werden lebendiger, greifbarer und verständlicher, wenn man alle hierauf Einfluß ausübenden Erscheinungen damit in Verbindung bringt. Darin hat auch Waser trefflich vorgearbeitet, gesammelt und zusammengestellt, was zu seiner Zeit noch vorhanden war, jetzt aber großentheils ohne ihn verloren gegangen wäre.

Den Ueberlieferungen Waser's über die Pest und die verheerenden Seuchen sind zu besserm Verständniß noch einige Zusätze der neuern Forschungen beigefügt worden. — Wer kann diese Berichte lesen, ohne von der Nothwendigkeit der sanitarisch-polizeilichen Vorschriften und strenger Befolgung derselben überzeugt zu sein? Welch schreckliche Katastrophen haben nicht vielfach aus Mangel an Einsicht und Verständniß über die zu treffenden Maßregeln zur Verhütung die Bevölkerung heimgesucht! —

Wenn die Aufzeichnungen Waser's über die wichtigsten Lebensmittelpreise, wie Brod und Wein, ebenfalls zur Erklärung der Bevölkerungsbewegung nöthig sind, so haben dieselben nach anderer Richtung noch einen ungleich höhern Werth, sowohl für die Produzenten, als für die Konsumenten.

Zur Erläuterung ist noch beizufügen: Die Notirungen für Getreide und Wein sind in der jeweiligen Münzvaluta, die in den verschiedenen Zeiten auch ganz verschiedene Werthe repräsentiren, gemacht worden. Um die Werthe unter sich vergleichbar zu machen, hat schon Waser dieselben auf eine einheitliche Münzvaluta, den 22 Guldenfuß vom Jahr 1760, reduzirt. Dieser hatte für den Kanton Zürich bis zum Jahr 1851 Geltung und diente als Grundlage für die Reduktion in die neue Währung auf franz. Franken. Es mag zugleich auch ein geschichtliches Interesse haben, zu wissen, in welchem Verhältnisse der Münzfuß der verschiedenen Zeitabschnitte zu demjenigen von 1760 angenommen werden muß. Waser gibt in seiner Abhandlung vom Geld folgende Verhältnißzahlen:

1 fl. vom Jahr 1150 =	**24**	fl. vom Jahr 1760
1 „ „ 1235 =	**18**	„ „ „
1 „ „ 1301 =	**7**	„ „ „
1 „ „ 1351 =	**8**	„ „ „
1 „ „ 1368 =	**6**	„ „ „
1 „ „ 1405 =	**5**	„ „ „
1 „ „ 1421 =	**4,21**	„ „ „
1 „ „ 1424 =	**4**	„ „ „
1 „ „ 1487 =	**2,05**	„ „ „
1 „ „ 1536 =	**2,33**	„ „ „
1 „ „ 1577 =	**2,11**	„ „ „
1 „ „ 1596 =	**1,622**	„ „ „
1 „ „ 1620 =	**1,50**	„ „ „
1 „ „ 1655 =	**1,369**	„ „ „
1 „ „ 1680 =	**1,268**	„ „ „
1 „ „ 1717 =	**1,217**	„ „ „
1 „ „ 1727 =	**1,005**	„ „ „
1 „ „ 1736 =	**1,049**	„ „ „

Ein Gulden hatte 2 ℔ (Pfund) = 40 ß (Schilling), der Schilling = 12 Pfennig (Heller, hlr.) Um die Vergleichung mit den Preisen der Gegenwart zu ermöglichen, war es nöthig, den Guldenfuß vom Jahr 1760, wie auch das Maß (Mütt) auf jetzige Münzwährung und Maß (Doppelzentner) zu reduziren. Der Nutzen ist wohl die darauf verwandte Mühe werth. Dasselbe geschah mit den Weinpreisen; auch da wurde das alte Geld nach seinem Verhältniß zum jetzigen Münzfuß und die verschiedenen ältern Maße in Hektoliter verwandelt. Oder mit andern Worten, es ist die Kaufkraft einer und derselben Münzwährung zu einem bestimmten Maß landwirthschaftlicher, zum Unterhalt nothwendiger Lebensbedürfnisse gegeben. Je größer der Vorrath der Waaren, je größer ist auch die Kaufkraft des Geldes und umgekehrt. Die Kaufkraft des Geldes ist je nach dem Handelsartikel oder der Werthsache eine verschiedene. In frühern Jahrhunderten, als das vorhandene Holz den Bedarf mehr als befriedigte, kaufte man für wenig Geld viel Holz, bezahlte man sehr geringe Arbeitslöhne, weil die Arbeit weniger gesucht war. Alle Waaren aus Metall waren dagegen theuer, weil das Rohmaterial seltener war wegen der viel größern Schwierigkeit der Gewinnung in großen Mengen und der großen Entfernung des Ortes ihrer Darstellung.

Waser's nicht geringes Verdienst ist es, daß er die Möglichkeit geboten hat, die Jahrgänge nach ihrer geringern oder größern Fruchtbarkeit in Bezug auf den Getreideertrag zu klassifiziren. Er hat nämlich alle Zehntenerträgnisse an Getreide eines jeden Jahres von 1540 an bis zum Jahr 1774 zusammengetragen und in einer sehr übersichtlichen Tabelle dargestellt. Der Zehntenertrag varirte in diesem Zeitabschnitt von 18,000 Mütt bis 36,000 Mütt. Die geringste Ernte ertrug daher 10 × 18,000 Mütt der höchste Ertrag 10 × 36,000 Mütt, 10 × 27,000 Mütt würden mithin den Mittelertrag repräsentiren. Darnach war es leicht, die Klassifikation durchzuführen. Eine derartige statistische Zusammenstellung ist gewiß einzig in ihrer Art.

Eine gleiche Zusammentragung für den Weinzehnten war in Waser's hinterlassenen Schriften nicht zu finden, und doch ist dieselbe ebenso wichtig und ebenso intressant, als eine solche für das Getreide. Die Grade der Fruchtbarkeit für diese beiden Produkte fallen zwar häufig zusammen, doch können sie unmöglich durchschnittlich übereinstimmen.

Glücklicherweise sind die Tabellen über die Jahresertägnisse des Weinzehntens vom Jahr 1600 bis 1798 noch im Staatsarchiv vorhanden. Diese boten nun das Mittel, die Ertragsverhältnisse des Weines nach den einzelnen Herrschaften und Aemtern und daraus diejenige des Kantons für jedes Jahr bestimmen zu können. Die Arbeit war auch hier sehr mühsam und zeitraubend, aber gewiß nicht ohne Interesse.

Es wurde lebhaft gefühlt, daß die Aufzeichnungen und statistischen Bearbeitungen Waser's erst ihren vollen Werth erhalten, wenn dieselben bis zur Gegenwart fortgeführt werden und so vielfach anregen, auf solider Grundlage eigene Beobachtungen und Wahrnehmungen aufzuzeichnen. Die geschriebene Beobachtung ermöglicht eine genaue Vergleichung, begründet die Erfahrung und diese führt zu Verbesserungen und zum Fortschritt.

Um die Getreidepreise bis zur Gegenwart fortzuführen, wurden alle 52 Marktberichte eines jeden Jahres seit 1770 zusammengetragen, daraus der Mittelpreis bestimmt und Minimal= wie Maximalpreise notirt.

Da die Weinpreise im Kanton je nach Lage und Qualität für dasselbe Jahr sehr von einander abweichen, war es nöthig, neben der Weinrechnung der Stadt Zürich auch diejenige der Stadt Winterthur, welche für einen großen Theil des Weinlandes maßgebend war, ebenfalls aufzunehmen.

Letztere verdanken wir der Gefälligkeit des Herrn Brunner-Aberli von Winterthur.

Diese Winterthurer Preise sind ebenfalls, um sie mit denjenigen von Zürich vergleichbar zu machen, auf den Münzfuß von 1760 reduzirt.

Der Freundlichkeit des Herrn Regierungspräsidenten Z. Gisel in Schaffhausen verdanken wir eine höchst werthvolle Zusammenstellung der Weinpreise im Kanton Schaffhausen von Herrn alt Regierungsrath Hallauer in Trasadingen für den Zeitraum von 1561 bis 1860. Die Reduktion dieser Preise auf den Zürcher Münzfuß von 1760 wollte aber mit derjenigen von Zürich und Winterthur nicht stimmen, daß wir, um nicht Fehler in der Berechnung zu machen, nur die Angaben seit 1700 aufzunehmen wagten.

Die größte Schwierigkeit in Bezug auf die Weinpreise und des Weinertrages bot das 19. Jahrhundert, weil weder Zehntentabellen noch amtliche Weinrechnungen zur Verfügung standen. Indessen fanden sich lückenlose Aufzeichnungen vor für Stäfa, Horgen, Veltheim und Schaffhausen. Da diese Landesgegenden die vorherrschenden Weinqualitäten unsers Kantons produziren, geben sie auch einen Maßstab für die Durchschnittspreise des Weines. Die zur Verfügung gestellten statistischen Aufzeichnungen befanden sich im Besitz der Herren Friedensrichter Wirz in Stäfa, Nationalrath Widmer-Hüni in Horgen und Kantonsrath Ernst zum Felsenegg in Veltheim. Die sorgfältige Aufbewahrung und gewissenhafte Fortführung älterer Ueberlieferungen wird hiemit den betreffenden Herren bestens verdankt. Ebenso verdankenswerth sind die Beiträge und Aufschlüsse, die der Arbeit durch die Herren Regierungsräthe Hafter und Gisel in Schaffhausen, Staatsarchivar Dr. Strickler, Werner Baur in Stäfa und von den Herrn Zivilstandsbeamten Utzinger in Bülach, Bezirksrichter Schlatter in Kloten, Bezirksrath Landolt in Andelfingen, Müller in Winterthur, Lienhard in Zollikon und Graf in Sternenberg zu Theil geworden sind.

Die Pest und verheerende Seuchen.

Neben der Pest hatten im Mittelalter die Blattern, der Aussatz und das „heilige Feuer", ein brandiges Absterben der Gliedmaßen, große Verbreitung erlangt und kehrten häufig wieder. Als Pestjahre sind in den Chroniken aufgezeichnet worden 803, 823, 868, begleitet von Viehseuchen; 874 starb durch ganz Deutschland und Frankreich beinahe der dritte Theil der Menschen durch Hunger und Pestilenz; 877 bis 882 wüthete beständig die Pestilenz, vornämlich im Thurgau und am Rhein. Der Bischof von Konstanz verordnete daher allenthalben Prozessionen zur Abwendung der Landesplage. 1013, 1019, 1087, 1092 und 1094 grassirte die Pest. 1125 starben viel tausend Menschen, man hatte nicht genug Leute, die Todten zu begraben. 1314 starben zu Basel 11,000 Personen. Als Ursachen der so häufig wiederkehrenden Seuchen werden angegeben:

1. Die Ausrottung der Wälder, weil die Urbarmachung großer Waldkomplexe immer böse Dünste zur Folge hat.

2. Die Beschaffenheit der Wohnungen, ohne Licht und Schutz gegen Temperaturwechsel. Die vielen Kriege gaben Veranlassung zur Befestigung auch der kleinsten Ortschaften, wodurch die Häuser zusammengedrängt und die hohen Wohngebäude von Menschen überfüllt wurden; die Straßen waren eng und unreinlich, und zum Uebermaß der ungesunden Wohnungsverhältnisse waren die befestigten Orte von breiten Graben mit stagnirenden, daher oft fauligen Wassermassen umgeben.

3. Die höchst ungenügende, zu wenig Abwechslung bietende Ernährung und oft schlecht zubereitete Speise. Im Herbste wurde ein großer Theil des Viehstandes, der über den Winter wegen Mangel an Futter nicht ernährt werden konnte, geschlachtet und oft schlecht gesalzen für das ganze Jahr aufbewahrt. Häufig stellte sich die Pest fast gleichzeitig mit Viehseuchen ein, weil die arme Bevölkerung sich von dem Fleisch der abgestandenen Thiere ernährte. In Jahren des Ueberflusses wurden die Lebensmittel vergeudet, da es an Räumlichkeiten fehlte, die lagerbaren Produkte aufzuspeichern. Der leibeigene Landbauer konnte in guten wie in schlechten Jahren nur so viel behalten, was zur Fristung seiner Familie nöthig war und konnte schon der ungenügenden Räumlichkeiten wegen, die ihm zur Verfügung standen, keinen Vorrath anlegen. So hatte denn jedes geringe Jahr Theure, Hunger, Krankheiten und unsägliches Elend zur Folge.

4. Als Ursachen der Seuchen wurden nur zu bereitwillig die Konstellationen der Planeten, die Kometen und Meteore, auch Erdbeben betrachtet. Fielen die Seuchen mit außergewöhnlichen Witterungsverhältnissen zusammen — gelinde oder strenge Winter, heiße oder feuchte und kalte Sommer — wurden auch diese als die Ursache angesehen.

5. Jahre des Mißwachses, der Theurung und Hungersnoth, welche den Seuchen vorausgingen, werden angeführt: 1013, 1125 und 1314. Theure und Hungersnoth folgten aber auch nicht selten den Seuchen wegen Mangel an Arbeitskräften oder Zufuhren.

6. Die Kirchhöfe befanden sich innerhalb der Ringmauern und waren so ungenügend, daß die Todten oft haufenweise, ohne Särge in einer gemeinschaftlichen Grube beerdigt wurden; dazu die Begräbnisse in den Kirchen selbst. Die Begräbnißplätze waren unstreitig die schrecklichsten Krankheitsherde.

Der sogenannte schwarze Tod hatte, wie viele andere verheerende Seuchen, den fernen Osten von Asien als Ausgangspunkt. 1346 trat er im Orient auf und wurde, vornämlich durch italienische Kaufleute, rasch über ganz Europa verbreitet. Schon Ende des Jahres hatte sich die Epidemie über ganz Italien ausgedehnt und 1349 Zürich erreicht, wo sich derselben eine Viehseuche beigesellte. Die Größe des Menschenverlustes findet sich für Zürich nicht aufgezeichnet, dagegen soll Basel 14,000 Menschen, Luzern 3000 durch diese Seuche verloren haben. An vielen Orten blieb kaum der zehnte Mann übrig. In der ganzen Eidgenossenschaft starben mehr als 180,000 Menschen; der Kanton Bern soll über 66,000 verloren haben. In der Stadt Bern wurden oft 60 Personen an einem Tag begraben. Als Heilmittel wurden Schwefel, Salz und Angelikawurzeln angewendet. Zuerst erkrankten Kinder, dann die Frauen und hierauf erst die übrige Bevölkerung; meistens waren es arme Nothleidende, weniger Wohlhabende. Nach Hecker soll der schwarze Tod in ganz Europa den vierten Theil der Bevölkerung, zirka 25 Millionen, dahingerafft haben. Ungewöhnliche Mengen von Raupen und Insekten (Heuschrecken) scheinen die Seuche vermehrt zu haben. Ein Zeitgenosse, der Arzt Covino, schildert das Auftreten des schwarzen Todes folgendermaßen:

„Nicht die Verschiedenheit des Himmelsstriches, nicht der Süden oder die reine Luft des Nordens, nicht Wärme noch Kälte des Klimas vermag die entsetzliche Krankheit aufzuhalten. Sie bringt in die Gebirge, wie in die Thäler, in Binnenländer wie zu Inseln, in Ebenen wie in hügeliges Land. Vergebens wird die Kälte des Winters herbeigesehnt; die Seuche achtet nicht der Milde des Frühlings, noch der Gluth des Sommers. Es scheint, als habe die Vorsehung beschlossen, das Geschlecht der Menschen durch eine allgemeine Seuche zu vertilgen. In langen Reihen streckt der Tod seine Opfer dahin. Nichts hat mehr einen Werth, wo das blühendste Leben, die üppigste Fülle der Kraft vergeht, wie ein Hauch. Alle göttlichen und menschlichen Gesetze sind gelöst, die heiligsten Bande des Blutes sind zerrissen."

De Mussis, ein italienischer Rechtsgelehrter, schildert diese entsetzlichen Zustände in folgenden Worten:

„Allein in seinem Elend lag der Kranke in seiner Behausung. Kein Verwandter wagte ihm zu nahen, kein Arzt seine Wohnung zu betreten; selbst der Priester reichte ihm nur mit Entsetzen das Sakrament. Mit herzzerreißendem Flehen riefen Kinder ihre Eltern, Väter und Mütter ihre Söhne und Töchter, ein Gatte die Hülfe des andern an. Vergebens! — Die Leichname der Edelsten und Vornehmsten wurden von den Geringsten und Verworfensten zur letzten Ruhe gebracht, da unsägliche Furcht alle ihre Freunde und Genossen zurückschreckte." —

Rohen Gemüthern wurde die Pest zu einer Veranlassung, sich vor dem fast unvermeidlichen Untergang noch einmal der ungezügeltesten Ausschweifung zu überlassen. In Bern veranstaltete sogar die Regierung einen Faschingszug in's Simmenthal.

1401 war in Zürich ein großer Sterbend; man gab den Juden Schuld, die Brunnen vergiftet zu haben und vertrieb sie aus dem Lande. 1427 und 1434 verlor der Kanton viele Menschen durch die Pest. Kein Ort war so wild und verborgen, wo die Pest nicht ihre Opfer holte; der Menschenverlust betrug im Jahr 1434 in der Stadt 3000 und auf der Landschaft 25,000 Personen. 1439 starben in Zürich innerhalb 10 Monaten wiederum 3000 und auf der Landschaft 30,000 Menschen. Waser setzt hinzu: „Es ist sich also nicht zu verwundern, daß Zürich 1444 nicht mehr als 1060 Bürger zählte."

1445 und 1450 erschien die Pest abermals; 1482 wurde der Menschenverlust durch die Pest im Kanton zu 12,000 berechnet; 1493 trat die Pest wieder im ganzen Kanton auf; Winterthur verlor 300 Personen.

1502 war die Pest wieder über die ganze Schweiz verbreitet! Stadt und Landschaft Zürich verloren 23,800 Personen. Von 1500 bis 1600, also für den Zeitraum von 100 Jahren, herrschte volle 27 Jahre die Pest in der Eidgenossenschaft.

1519 raffte die Pest von Laurenztag bis Neujahr in der Stadt 2500, auf der Landschaft mehr als 20,000 und in Winterthur 500 Personen weg; am heftigsten war sie im September.

1537 war die Pest unter den Fischen im Bodensee, daß man ganze Wagen voll todter, an's Land geworfener Fische wegführte.

1541 war man in Zürich genöthigt, einen neuen Begräbnißplatz bei der Predigerkirche anzulegen; in Winterthur starben 500 Personen.

1564 und 1565 betrug der Verlust der Stadt Zürich durch die Pest 3700, auf der Landschaft 33,000, in Winterthur 500 Personen. Auf dem Kirchhof zum Großmünster wurden die Leichen neben der großen Treppe gegen das Helmhaus ohne Särge in Gruben gelegt und mit Kalk bedeckt. Im Januar 1565 war die Seuche verschwunden, sie trat aber im Oktober mit neuer Heftigkeit auf, verlor sich wieder bei eintretender Kälte, aber wiederholte sich im August 1566, besonders im Niederdorf der Stadt.

1575 starben im Kanton 10,800 Personen. Die Seuche soll durch Pilger eingeschleppt worden sein.

1582 herrschte die Pest vornämlich in der Stadt und am Zürichsee; Zollikon verlor 100 Personen, Stadt und Landschaft zusammen 22,250.

1586 verlor die Stadt Stein 220 und der Kanton Zürich 12,500 Personen.

1595, 1596 und 1597 kamen fortwährend Pestfälle vor, wobei die Stadt 800 und die Landschaft 7200 Personen einbüßte.

1611 herrschte die große Pest in der Eidgenossenschaft. Sie zog im Frühjahr mit der eintretenden Wärme von Basel aufwärts.

Anfänglich suchte man die Krankheit zu verheimlichen, bis die Bewohner auf dem Gräbli, wo eine große Menge dürftiger Leute beisammen wohnten, fast sämmtlich erkrankten und starben. Bis zum August verlor die Gemeinde Küsnacht 637 Personen, meistens Seidenspinner und Kämbler. In Zürich starben im Monat August 40 bis 60 Personen täglich, am 5. September 115 und am 16. Sept. sogar 132 Personen. Statt einer Abdankung wurden nur die Namen der Verstorbenen verlesen.

Innerhalb 12 Wochen hatte die Stadt 2007 Personen, ohne die Kinder und Dienstboten, verloren und im Ganzen in den vier Pfarrkirchen 7095. Für Stadt und Landschaft wird der Verlust zu 51,200 Personen berechnet. Man war genöthigt, 3 Kirchhöfe außerhalb der Stadt anzulegen, nämlich beim Kreuz (Riesbach), beim Lindenthor und bei St. Leonhard an dem Stampfenbach (Unterstraß). Das Geschlecht Waser allein machte eine Einbuße von 80 Angehörigen.

In der Stadt starben:

Verehelichte Mannspersonen	748
Eheweiber	718
Unverheirathete erwachsene Männer	359
Jungfrauen	540
Uebertrag:	2365

Uebertrag:	2365	
Kinder beiderlei Geschlechts	1753	
Wittwen	240	
Fremde Handwerksgesellen	101	
Dienſtmägde	172	
Im Lazareth im Sellnau	103	
Im Spital	130	
	4864	
In den 7 Wachten um die Stadt:		
Zum Kreuz	1016	
Fluntern	196	
Oberſtraß	154	
Unterſtraß	163	
Wiediton und Außerſihl	432	
Enge	182	
Leimbach	60	
Spannweid und St Jakob	28	2231
		7095

Zolliton verlor 157 Perſonen von zirka 600 Einwohnern, alſo beinahe ein Drittel ſeiner Bevölkerung.

Für den Kanton Thurgau hat Waſer ein Verzeichniß der Menſchen= verluſte nach den einzelnen Gemeinden verzeichnet und fügt hinzu: „In dieſen Pfarreien ſind viele Höfe und Weiler ganz und einige Dorfſchaften faſt gänzlich ausgeſtorben; in Matzingen blieben nur 60 Perſonen übrig."

„Die Denkungsart und Handlungsweiſe während dieſer traurigen und gefährlichen Zeit", bemerkt Haller, „dient zum Beweis, daß die nahe und gleichſam anſchauliche Gegenwart des Todes die Menſchen wenig oder gar nicht beſſer macht. Ein großer Theil der Einwohner, ob ſie gleich alle Augenblicke vom Tode bedrohet und zu allen Seiten mit Leichen umgeben waren, ſaß täglich zuſammen, um zu eſſen und zu trinken, niemand wollte mehr arbeiten; es war ein ganz wunderlich Weſen an vielen Orten. In den Häuſern lagen gar viele krank, konnten ſich weder rathen noch helfen, und doch wollte ſelten Jemand Beiſtand leiſten. Wenn dies aber etwa bei Reichen noch der Fall war, ſo wurde für gewiß Alles aufgeräumt und geſtohlen."

1628 und 1629 verlor der Kanton Zürich durch die Pest (der englische Schweiß genannt) nochmals gegen 15,000 Personen.

1634 raffte die Pest abermals 14,520 Personen weg.

1638 erlitt die Grafschaft Kyburg nebst Stein, Stammheim und Ossingen, durch eine pestartige Seuche einen Verlust 2300 Personen.

Die Armeen des dreißigjährigen Krieges verbreiteten neben der Pest typhöse Krankheiten und Lagerfieber über ganz Deutschland und so sind dieselben von den an den Grenzen der Schweiz hinstreifenden und lagernden Kriegshorden auch in die Schweiz gedrungen.

1668 verlor Uster allein 630 Personen (Ustertod); auch die Grafschaft Kyburg, die Herrschaft Grüningen, besonders Goßau, ferner Wildberg, dann Höngg und Wiplingen wurden hart betroffen. Es war dieses das letztmalige Auftreten der als Pestseuche betrachteten Krankheiten im Kanton Zürich, während in den umliegenden Ländern bis in das 18. Jahrhundert dieselbe noch vorkam.

Waser berechnet den Menschenverlust während 3 Jahrhunderten, in welchen die Pest 21 Mal den Kanton heimsuchte, auf 248,955 Personen oder durchschnittlich auf 11,855.

Das 18. Jahrhundert weist keine so allgemein verheerenden Krankheiten und Menschenverluste auf; doch ist dasselbe nichts weniger als seuchenfrei. Die häufigsten und gefährlichsten epidemischen Krankheiten waren die Blattern oder Pocken, die Ruhr, der Typhus, die Diphtherie und die Lustseuche, diese auffallend im Jahr 1708.

In den ältern Todtenregistern sind häufig die Todesursachen vorgemerkt und wenn auch nicht bei allen, doch fast immer bei den an epidemischen Krankheiten Verstorbenen. Für viele sanitarische Fragen der Gegenwart wäre es höchst wichtig, wenn eine Statistik der ansteckenden Krankheiten der beiden letzten Jahrhunderte sowohl zeitlich als räumlich angestrebt würde. Es ist darüber viel zu wenig bekannt geworden.

In Zollikon, aus welcher Gemeinde ein vollständiges Verzeichniß der Taufen und Todesfälle vom Jahr 1607 bis 1877 vorliegt, herrschten die Pocken in den Jahren 1700, 1715, 1717, 1722 und 23, 1744, 1747, 1754 und 55, 1763, 1776 und 77, 1797.

Die Ruhr 1691, 1696, 1709, 1712 (36 Kinder starben), 1741, 1747, 1754, 1777, 1781, 1795.

In Neumünster starben an den Pocken 1782: 14 Personen, 1795: 2 Personen, 1796: 14 Personen, und 1800: 9 Personen; 1781 an der Ruhr 12 Personen, am Typhus 9 Personen.

In Kloten starben 107 Personen an den Pocken in den Jahren 1763 und 1764, 1768, 1770, 1782, 1796 und 1797; es sind aber durchaus nicht alle Fälle eingetragen worden, wo die Pocken die Todesursache bildete.

Am Typhus starben 44 Personen in den Jahren 1772 und 1773 (wohl Hungertyphus) und 1797.

Am Croup starben 1768 zwanzig Kinder.

In 40 Jahren, von 1760 bis 1799, hatte Zollikon nur einen Ueberschuß der Geburten von 33 Personen (1135 Geburten und 1102 Todesfälle). Neumünster (Filiale Kreuz) hatte im gleichen Zeitraum 3304 Geburten und 3305 Todesfälle und Kloten in der gleichen Zeitdauer 2597 Geburten und 2595 Todesfälle; von diesen waren 1513 Kinder.

In auffallendem Gegensatz zu diesen Gemeinden steht Sternenberg, welches während den Jahren 1760 bis 1800 zusammen 2467 Geburten und nur 1825 Todesfälle aufweist, mithin eine Vermehrung von 642 Personen, oder jährlich zirka 16 Personen auf eine Bevölkerung von etwa 1000 Personen. Im Jahr 1788 kamen sogar 91 Geburten vor, also auf 11 Personen, Groß und Klein, Männlich und Weiblich, eine Geburt. Ueber 70 und 80 Geburten im Jahr kamen mehrfach vor.

Es steht dies wohl im Zusammenhang theils mit der gesunden Lage, theils mit dem guten Erwerb durch Spinnen und Weben. Doch scheint die Hungersnoth der Jahre 1770 bis 1772 sehr fühlbar gewesen zu sein, denn die Todesfälle betragen das Doppelte der Geburten: im Jahr 1772 blos 16 Geburten und 69 Todesfälle.

Von dem Kapitel des Frei=Amtes (Affoltern) hat Waser für die Bevölkerung Ehen, Geburten und Todesfälle während des Zeitraumes von 1753 bis 1772 eine sehr ausführliche Zusammenstellung gemacht. Darnach ergibt sich für das Jahrzehnd von 1753 bis 1762 eine Vermehrung der Einwohnerzahl durch die Geburten von 415 Personen, die Einwohnerzahl war von 12,091 auf 12,486 gestiegen.

In dem Jahrzehnd von 1763 bis 1772 sind dagegen 272 Todesfälle mehr vorgekommen, als lebende Kinder geboren wurden; die Einwohnerzahl sank von 12,495 wieder auf 12,102. In den Jahren 1771 und 1772 sind 577 Personen mehr gestorben als lebend geboren. Auf diese beiden

Jahre fällt auch die geringste Zahl der Geburten, während sie die höchste Zahl der Todesfälle aufweisen.

Eine sehr hohe Zahl der Geburten haben die Jahre 1761, 1762, 1763, 1764, 1765 und 1767. Eine wesentliche Vermehrung der Todesfälle kommt auf die Jahre 1753, 1756, 1764, 1768, 1771 und 1772.

Fruchtbarkeit.
Mißwachs und fruchtbare Jahre.

Anhaltspunkte zur Bestimmung der Fruchtbarkeit früherer Jahrhunderte geben uns nur die Chroniken, deren Angaben wohl oft an Uebertreibungen leiden, vielfach zu allgemein oder zu unbestimmt sind, auch wohl häufig in Bezeichnung der Jahre nicht ganz zutreffen, wie die Vergleichung der spätern Jahrhunderte, für welche genaue Angaben vorlagen, hinlänglich beweisen.

Indessen ist Theure und Hungersnoth nicht immer gleich bedeutend mit Mißwachs. Die Schweiz, die immer der Getreidezufuhr aus dem Ausland benöthigt war, litt oft bei guten Jahren große Noth, wenn die Zufuhr gesperrt war; auch macht sich die Theure gewöhnlich erst im Frühjahr nach dem Fehljahr fühlbar.

Jahre des Mißwachs und der Theurung.

Als solche sind im elften Jahrhundert (1000 bis 1099) siebenzehn verzeichnet. Am größten war die Noth in den Jahren 1050 bis 1056, während 4 Jahren seien zwei Drittel (?) der Menschen vor Hunger gestorben!

Im 12. Jahrhundert werden zwölf Jahre der Theurung aufgezählt, 1196 waren alle Lebensmittel zehn mal theurer als gewöhnlich und es starben viele Menschen vor Hunger.

Das 13. Jahrhundert hatte 21 Nothjahre; besonders groß war die Theurung in den Jahren 1236, 1239 und 1292, in welchem Jahr der Doppelzentner Getreide auf Fr. 153 stieg.

Im 14. Jahrhundert herrschte je das sechste Jahr große Theurung, besonders drückend war sie in den Jahren 1313 bis 1316 viel Volk wanderte nach Ungarn aus, oder starb vor Hunger. 1343 galt der Doppelzentner Getreide 103 Fr., 1375 143 Fr.

Das 15. Jahrhundert zählt 16 Hungerjahre auf. Im Herbst 1432 war die Theurung so groß, daß Holzäpfel als kostbares Gericht galten; gleichwohl stieg der Doppelzentner nicht oft auf 50 Fr.

Aus dem 16. Jahrhundert liegen schon genauere und bestimmtere Angaben vor, besonders seit dem Jahr 1540. Als Jahre der Theurung werden genannt: 1501, 1502, 1517, 1530, in diesem Jahre wurde die Aufstellung einer Mehlwage in der Stadt für nöthig erachtet. 1538 und 1558 sperrten Elsaß und Schwaben die Getreideausfuhr nach der Schweiz. Im Jahr 1570 kaufte die Obrigkeit Korn in Basel, Baden und Schaffhausen, die Noth dauerte 5 Jahre. Man kochte wild wachsende Pflanzen und doch starben viele Menschen vor Hunger. Bei Winterthur fand man drei Kinder todt auf dem Felde, die noch den Mund voll Gras hatten. 1575 brach die Hungerpest aus. In den Jahren 1580 und 1581, ebenso 1585 bis 1592 übernahm die Obrigkeit den Getreidehandel. Von 1570 bis 1600, also während vollen 30 Jahren, ist auch nicht ein einziges Gerathjahr zu verzeichnen.

13 Jahre waren sehr gering, 10 Jahre gering, 5 Jahre unter Mittel und nur 2 Jahre über Mittel. Von 1540 bis 1599, also in 60 Jahren, waren 18 Jahre (30 %) sehr gering, 21 Jahre (35 %) gering, 14 Jahre (23_3 %) unter Mittel, 6 Jahre (10 %) über Mittel und 1 Jahr (1_7 %) gut. Diesen geringen Ernteerträgnissen entsprachen auch die Fruchtpreise, wie aus der Spezialtabelle zu ersehen ist. Der Durchschnittspreis des Getreides beträgt für den Zeitraum von 60 Jahren 31_{20} Fr. per Doppelzentner.

Im 17. Jahrhundert ist namentlich der Zeitabschnitt von 1620 bis 1644 bemerkenswerth. In diesen 25 Jahren war nur 1 Jahr sehr gering, 4 Jahre gering, 6 Jahre unter Mittel, 3 Jahre über Mittel, 8 Jahre gut und 3 Jahre sehr gut. Die guten Ernten überwiegen daher bedeutend die geringern; dennoch ist der zehnjährige Durchschnittspreis per Doppelzentner von 1620—1629 Fr. 45, von 1630—1639 Fr. 50_{70} und von 1640—1645 Fr. 36_{70}.

Diese Getreidepreise sind aber erklärlich, wenn in Berücksichtigung gezogen wird, daß in diesen Zeitraum die heftigsten Kämpfe des dreißigjährigen Krieges fallen und daß unsere Nachbarländer Württemberg, Baiern und Baden der fürchterlichsten Verwüstung und Verödung anheimfielen, so daß nicht nur keine Ausfuhr nach der Schweiz, die auch damals auf diese angewiesen war, möglich wurde, sondern daß Lebensmittel aller Art aus der Schweiz nach Deutschland ausgeführt wurden.

Spittler berichtet:

„Innerhalb der 22 Jahre von 1628 bis 1650 erlitt Württemberg einen Verlust von 118,742,000 Gulden, ohne den Schaden der veröbeten Güter und der allgemeinen Entvölkerung mitzurechnen. Was die Letztere betrifft, so verlor das Land in den Jahren von 1631 bis 1641 dreimalhundert= fünfundvierzigtausend Menschen, und das Land, welches ehemals gegen eine halbe Million Menschen gehabt hatte, zählte 1641 kaum noch 48,000. Noch sechs Jahre nach dem westphälischen Frieden, als Diejenigen, die sich in die Schweiz geflüchtet hatten, längst zurückgekehrt waren, fehlten in Württemberg, verglichen mit dem Zustande unmittelbar vor der Nördlinger Schlacht, 50,000 Haushaltungen. 40,000 Morgen guter Weinberge, sowie 270000 Morgen Aecker, Wiesen und Gärten lagen wüste. An den Wiederaufbau vieler Dörfer und Städte hatte noch gar nicht gedacht werden können; 300 herr= schaftliche und Kommunalgebäude lagen ebenso wie 30,000 Privathäuser zerstört darnieder."

Im Jahr 1636 verkaufte die Obrigkeit den dürftigen Haushaltungen den Mütt Kernen zu 12 fl. 38 ß. (per Doppelzentner Fr. 52), den Müllern um 17 fl. 32 ß. (per Doppelzentner Fr. 72). Jede dürftige, aber nicht almosengenössige Person erhielt wöchentlich 1½ Mäßli oder zirka 3 Pfund Kernen. 94 Ortschaften mit 2631 Haushaltungen und 10769 Personen erhielten wöchentlich 252 Mütt. Nur 75 Gemeinden konnten die bürftigen Einwohner selbst erhalten. Es darf indessen nicht vergessen werden, daß alle diejenigen Kantonseinwohner, die in ihren Einkünften auf Zehnten und Grundzinse angewiesen waren und deren Zahl gar nicht gering anzusetzen ist, von einer Theurung nie so hart betroffen wurden. Das war die gute Zeit der Staatsangestellten! — Auch die Bauern sorgten wohl zuerst für sich selbst; am schlimmsten kamen die Handwerker und die Arbeiterklasse ohne Grundeigenthum weg.

In dem Zeitraum von 1680 bis 1692 waren nur drei geringe Jahre, davon waren 1691 und 1692 sehr gering, Obst und Garten= gewächse mißriethen gänzlich; es kam noch hinzu, daß die umliegenden Länder die Zufuhr sperrten, so daß am 24. Juni in Zürich gar kein Korn= markt abgehalten werden konnte, was als unerhört galt.

1692 stellte sich der Doppelzentner auf 57 Fr., 1693 auf 48 Fr., und 1694 vor der Ernte auf 78 Fr. und nach der Ernte auf 26 Fr. In diesen

38.

Jahren entstand eine solche Hungersnoth, daß die Armen wieder Gras und Wurzeln kochten und Hans Meier zu Aesch bei Birmensdorf aus Eicheln Brod backte.

Das 18. Jahrhundert war im Ganzen sehr günstig, was auch daraus erhellt, daß die Bevölkerung des Kantons in diesem Jahrhundert trotz vielfach auftretender Seuchen eine Vermehrung von 87,720 Personen oder 57,8 % aufweist. Mangel und Noth herrschten eigentlich nur in den Jahren 1770 bis 1771.

Im 19. Jahrhundert sind Nothzustände eigentlich nur in den Jahren 1815 bis 1817 entstanden, verursacht durch die Jahrzehnde andauernden Kriege in den Nachbarländern und durch eine Reihe von unfruchtbaren Jahren.

Die viel günstigern Verkehrsverhältnisse und die bessere staatliche Fürsorge bieten denn doch etwelche Garantie, daß solche Zustände des Elendes und der Noth sich nicht so leicht wiederholen.

Faßt man die Grade der Fruchtbarkeit oder des Ertrages von Getreide und Wein, sowie deren Durchschnittspreise aus den nachstehenden speziellen Uebersichten zusammmen, so ergeben sich sehr überraschende Resultate.

Der Getreideertrag war für den Zeitraum von 1540 bis 1877, während 338 Jahren:

Sehr gering	gering	unter Mittel	über Mittel	gut	sehr gut
31 Jahre	57 J.	62 J.	71 J.	76 J.	41
in % 9,2	16,9	18,3	21	22,5	12,1

In dem Zeitraum von 1600 bis 1877, während 278 Jahren, gab es Wein:

Sehr wenig	wenig	unter Mittel	über Mittel	viel	sehr viel
32 Jahre	55 J.	53 J.	67 J.	44 J.	27 J.
in % 11,5	19,8	19,1	24,1	15,8	9,7

Durchschnittspreise für Getreide.

Bis Anfangs dieses Jahrhunderts, ja selbst bis vor etwa 30 Jahren, kam wenig Weizen auf den Fruchtmarkt nach Zürich und sind als Fruchtpreise diejenigen des Korns (Kernen) zu verstehen. Erst seit etwa 20 Jahren kommt vorherrschend östreichischer und ungarischer Weizen auf den Fruchtmarkt; seither wird aber nach dem Gewicht und nicht mehr nach dem Maß verkauft.

Bei der Umrechnung des Maßes in Doppelzentner ist das Gewicht des Müttes Kernen zu 115 ℔ = 57,5 Kilo, des Malters zu 210 ℔ und des Malters Weizen zu 230 ℔, 1 Gulden (Zürcher Währung) = 2,33 Fr., angenommen worden.

Die Durchschnittspreise per Doppelzentner betragen für

1540 bis 1599	1600 bis 1699	1700 bis 1799	1800 bis 1877
31,10 Fr.	31,05 Fr.	23,66 Fr.	31,10 Fr.

Durchschnittspreise des Weines per Hektoliter.

	1500 bis 1599 Fr.	1600 bis 1699 Fr.	1700 bis 1789 Fr.	1790 bis 1877 Fr.
Zürich	9,30	11,80	9,20	—
Horgen	—	—	—	15,50
Stäfa	—	—	—	20,80
Winterthur	12	14,50	10,50	—
Veltheim	—	—	—	36,60
Schaffhausen	—	—	10,70	25,30

Bevölkerung des Kantons Zürich
(Von 1634 bis 1771 nach der

Tabelle 1.

Kirchgemeinde.	1634	1646	1671	1700	1738
Bezirk Zürich.					
Zürich	9,043		9,765		
Enge	309		383		
Fluntern	473		426		
Neumünster	1,190		1,631	13,860	
Oberstraß	228		343		
Unterstraß	228		278		
Wiedikon ⎱ Außersihl ⎰	438		756		
Albisrieden	243		325	306	
Altstetten	280		419	500	
Birmensdorf	738		980	1,015	
Dietikon-Urdorf	308		375	360	
Höngg	930		954	1,194	
Schlieren	237		365	300	
Schwamendingen	209		311	296	510
Seebach	—		317	277	
Uitikon	156		207	204	
Weiningen	506		744	746	
Wipkingen	237		313	310	
Wollishofen	—		593	—	
Wytikon	65		113	105	
Zollikon	481		668	588	
Bezirk Affoltern.					
Aeugst	—		334	192	
Affoltern	624		821	767	
Bonstetten	524		535	536	
Hausen	451		714	680	
Hedingen	484		592	541	
Kappel	313		549	318	
Knonau	226		300	308	
Maschwanden	323		450	440	
Mettmenstetten	702		847	969	
Ottenbach ⎱ Obfelden ⎰	599		978	811	
Rifferswil	263		339	350	
Stallikon	554		698	787	
Bezirk Horgen.					
Hirzel	359		788	670	
Horgen ⎱ Oberrieden ⎰	1,430		2,501	1,800	
Kilchberg ⎱ Rüschlikon ⎰	1,473		1,063 / 519	2,000	
Richterswil ⎱ Hütten ⎰	903		1,431	1,230	
Thalweil ⎱ Langnau ⎰	919		852 / 395	1,200	

in verschiedenen Zeitaltern.

Zusammenstellung des Pfarrers Waser.

Kirchgemeinde.	1762	1771	1836	1850	1860	1870
Zürich	11,452	10,671	14,243	17,040	19,758	21,199
Enge	777	715	1,657	2,277	2,661	3,299
Fluntern	640	580	1,027	1,462	2,022	2,912
Neumünster	3,000	3,003	5,429	7,015	9,492	13,438
Oberstraß	492	454	995	1,183	2,107	2,675
Unterstraß	520	480	1,236	1,324	1,944	2,814
Wiedikon	1,380	1,273	1,341	1,409	2,122	2,848
Außersihl			1,448	1,881	2,597	7,510
Albisrieden	320	339	496	575	610	666
Altstetten	600	561	992	959	1,036	1,187
Birmensdorf	1,242	882	1,510	1,538	1,561	1,449
Dietikon-Urdorf	510	548	1,722	1,384	1,463	1,522
Dietikon kath.	—	—	—	677	791	885
Höngg	1,200	991	1,995	1,958	2,022	1,942
Schlieren	480	464	631	689	698	767
Schwamendingen	540	666	1,044	1,160	1,298	1,537
Seebach	622	490	801	806	909	833
Uitikon	311	254	331	310	366	346
Weiningen	1,200	885	1,352	1,531	1,402	1,526
Wipkingen	460	482	959	887	1,182	1,392
Wollishofen	560	639	1,047	1,093	1,184	1,200
Wytikon	190	212	309	328	358	372
Zollikon	750	762	1,210	1,316	1,433	1,327
Aeugst	529	481	610	647	677	667
Affoltern	1,140	1,018	1,673	1,855	1,864	2,020
Bonstetten	529	621	843	887	836	774
Hausen	1,048	1,015	1,350	1,450	1,387	1,369
Hedingen	842	839	1,042	992	928	925
Kappel	442	426	578	743	734	732
Knonau	377	360	593	594	606	611
Maschwanden	420	397	510	578	595	535
Mettmenstetten	1,075	1,042	1,405	1,450	1,451	1,420
Ottenbach	1,407	1,196	1,959	1,169	1,155	1,196
Obfelden				896	873	867
Rifferswil	351	355	409	464	540	510
Stallikon	947	922	1,208	1,200	1,288	1,192
Hirzel	1,000	1,028	639	1,419	1,424	1,257
Horgen	3,000	2,885	3,869	4,844	5,311	5,199
Oberrieden	500	689	762	832	895	1,033
Kilchberg	1,500	1,158	1,899	2,257	2,572	3,142
Rüschlikon	549	547	825	909	918	956
Richterswil	1,500	1,833	2,942	3,203	3,498	3,557
Hütten	500	506	648	718	668	601
Thalweil	1,100	1,084	1,738	1,889	2,145	2,535
Langnau	600	584	1,108	1,197	1,333	1,383

42

Kirchgemeinde.	1634	1646	1671	1700	1738
Wädensweil / Schönenberg	1,419		2,379	2,200	
Bezirk Meilen.					
Erlenbach	331		575	465	
Herrliberg	516		885	680	
Hombrechtikon	617		972	750	
Küsnacht	1,063		1,552	1,335	
Männedorf	859		1,360	1,060	
Meilen	1,106		1,657	1,600	
Oetweil	—		250	—	
Stäfa	818		1,371	1,200	
Uetikon	382		415	400	
Zumikon	113		244	203	
Bezirk Hinweil.					
Bäretsweil	754		932	942	
Bubikon	390		396	376	
Dürnten	683		977	798	
Fischenthal	466		736	658	
Goßau	977		1,328	1,467	
Grüningen	674		953	886	
Hinweil	615		878	876	
Rüti	139		272	243	
Wald	575		1,200	1,058	
Wetzikon / Seegräben	700		1,012	1,000	1,266
Bezirk Uster.					
Dübendorf	562		789	774	
Egg	899		1,146	658	
Fällanden	268		338	346	570
Greifensee	133		222	729	
Maur	592		927	844	
Mönchaltorf	308		504	412	
Schwerzenbach	67		83	79	
Uster	1,144		1,471	1,696	2,440
Volletsweil	340	305	564	474	1,095
Wangen	227	387	475	387	545
Bezirk Pfäffikon.					
Bauma	—	955	977	1,100	1,730
Fehraltorf	341	471	548	471	824
Dittnau	—	—	—	—	—
Illnau	1,093	1,694	1,926	1,794	2,106
Ryburg	148	192	239	192	260
Lindau	90	134	129	134	788
Pfäffikon	1,394	1,660	1,781	1,424	1,712
Russikon	514	750	789	750	1,217
Sternenberg	—	5	294	457	664

Kirchgemeinde.	1762	1771	1836	1850	1860	1870
Wädenweil	2,600	3,213	5,094*	5,641	5,731	5,810
Schönenberg	875	968	1,432	1,468	1,464	1,457
Erlenbach	694	654	915	978	936	975
Herrliberg	980	955	1,073	1,144	1,040	1,079
Hombrechtikon	1,500	1,494	2,475	2,649	2,659	2,678
Küsnacht	1,870	1,601	2,197	2,486	2,602	2,633
Männedorf	2,000	1,942	2,368	2,382	2,444	2,585
Meilen	2,200	2,210	2,954	3,065	3,180	3,074
Oetweil	695	684	1,101	1,158	1,201	1,097
Stäfa	3,000	2,643	3,508	3,705	3,826	3,841
Uetikon	750	899	1,080	1,121	1,090	1,153
Zumikon	360	365	634	711	707	673
Bäretsweil	2,350	2,185	3,462	3,237	3,137	2,844
Bubikon	554	689	1,583	1,591	1,596	1,493
Dürnten	1,250	1,219	1,503	1,663	1,770	2,073
Fischenthal	1,766	1,789	2,814	2,394	2,227	2,229
Goßau	2,000	2,015	3,118	3,089	2,973	2,843
Grüningen	1,100	1,069	1,583	1,695	1,568	1,463
Hinweil	1,787	1,689	2,729	2,697	2,687	2,638
Rüti	701	595	1,112	1,292	1,675	2,122
Wald	2,400	2,591	3,895	3,808	4,298	5,055
Wetzikon } Seegräben	1,547	1,596	3,289 / 375	3,364 / 379	3,916 / 459	4,260 / 617
Dübendorf	1,200	1,113	1,867	2,018	2,463	2,436
Egg	1,808	1,790	2,453	2,523	2,483	2,281
Fällanden	538	564	851	848	860	784
Greifensee	300	291	406	396	365	311
Maur	1,270	1,276	2,133	1,965	1,917	1,804
Mönchaltorf	500	695	1,184	1,148	1,189	1,078
Schwerzenbach	157	166	221	218	228	220
Uster	3,500	2,626	4,496	5,081	5,610	5,808
Volketsweil	1,224	1,324	1,937	2,028	1,943	1,769
Wangen	520	489	812	780	858	802
Bauma	2,228	2,487	3,217	2,993	2,914	2,963
Fehraltorf	780	831	971	1,014	1,081	999
Hittnau	1,300	1,067	1,983	1,817	1,753	1,699
Illnau	2,400	1,032	2,766	2,845	2,830	2,731
Kyburg	280	296	383	374	393	385
Lindau	844	804	1,019	1,051	1,048	1,101
Pfäffikon	2,400	1,801	3,011	2,896	3,066	2,755
Russikon	1,400	1,125	1,933	1,876	1,767	1,548
Sternenberg	800	805	1,423	1,342	1,101	975

*) Die Ortsch., Spitzen mit ca. 200 Einw. war bis 1878 Wädensweil politisch zugetheilt, aber kirchgenössig n. Hirzel.

Kirchgemeinde.	1634	1646	1671	1700	1738
Weißlingen	433	658	684	658	1,185
Wildberg	270	406	343	406	550
Wyla	313	610	403	610	708
Bezirk Winterthur.					
Altikon } Dorlikon }	—	268	968	780	1,000
Brütten	230	293	310	291	536
Dägerlen	314	409	493	420	—
Dättlikon	156	185	241	231	297
Dynhard	815	430	577	549	669
Elgg	1,018	1,526	1,579	1,526	2,118
Ellikon	390	478	565	500*	600*
Elsau	185	290	275	291	504
Hettlingen	274	325	353	299	481
Nestenbach	748	1,016	958	1,016	1,033
Oberwinterthur	660	811	1,169	1,068	1,568
Pfungen	243	304	404	329	480
Rickenbach	270	249	315	260	350
Schlatt	317	537	553	537	690
Seen	525	625	812	710	1,214
Seuzach	359	380	491	427	589
Töß	365	587	586	499	687
Turbenthal	502	830	800	830	1,254
Veltheim	243	242	333	346	382
Wiesendangen	402	486	504	486	656
Winterthur	2,000	2,380	2,970	2,690	—
Wülflingen	709	864	868	842	—
Zell	316	503	595	513	894
kirchgenössig nach Aadorf	217	145	350 }		
Aawangen	87 }		141 }	800*	1,200*
Dußnang-Bichelsee	135 }	400*	219 }		
Gachnang	219 }		353 }		
Bezirk Andelfingen.					
Andelfingen	1,206		1,827	1,378	
Benken	256	339	541	339	550
Berg	397	532	564	532	488
Buch	311	310	544	565	700
Dorf	187		416	376	
Feuerthalen	206		457	460	
Flaach	749		1,184	1,296	1,073
Henggart	126	95	202	187	
Laufen	563	810	1,118	1,261	
Marthalen	703	963	1,132	968	1,090
Ossingen	655		1,020	878	
Rheinau	—	—	—	—	—

*) Approximativ.

Kirchgemeinde.	1762	1771	1836	1850	1860	1870
Weißlingen	1,400	1,285	1,495	1,528	1,380	1,312
Wildberg	750	615	1,046	990	965	809
Wyla	800	812	1,161	1,131	1,032	948
Altikon } Dorlikon }	800	762	400	452	441	421
			565	561	522	482
Brütten	300	408	516	515	539	512
Dägerlen	600	398	534	524	560	473
Tättlikon	130	253	327	396	390	412
Dynhard	700	619	734	738	647	649
Elgg	2,180	1,800	1,835	2,004	2,011	1,968
Ellikon	500*	359	523	608	568	561
Elsau	520	479	662	674	750	664
Hettlingen	348	352	493	489	495	497
Nestenbach	1,079	1,095	1,452	1,490	1,470	1,436
Oberwinterthur	1,550	1,251	2,089	2,158	2,110	2,278
Pfungen	485	324	576	522	644	684
Rickenbach	290	274	366	385	382	383
Schlatt	748	564	642	700	655	595
Seen	1,400	992	1,499	1,665	1,887	1,991
Seuzach	586	452	666	741	790	786
Töß	700	578	1,446	1,732	2,010	2,416
Turbenthal	1,400	1,244	2,249	2,336	2,278	2,128
Veltheim	360	405	630	721	851	1,183
Wiesendangen	668	703	706	833	844	838
Winterthur	3,100	3,130	4,612	5,341	6,523	9,404
Wülflingen	500	940	1,950	2,034	2,232	2,346
Zell	860	817	1,685	1,855	2,028	1,858
kirchgenössig nach						
Nadorf	} 900*		63			
Hagenbuch			597	636	659	611
Auwangen		215				
Dussnang-Bichelsee		150				
Gachnang		392				
Bertschikon			823	949	853	805
Andelfingen	1,831	1,827	2,514	2,759	2,832	2,811
Benken	548	534	591	590	567	563
Berg	495	463	483	468	614	594
Buch	684	480	784	840	606	590
Dorf	496	385	397	413	448	387
Feuerthalen	500	467	665	769	787	975
Flaach	1,030	877	1,361	1,472	1,432	1,348
Henggart	215	202	279	279	265	308
Laufen	1,184	1,068	1,500	1,695	1,720	2,007
Marthalen	1,100	894	1,286	1,401	1,320	1,277
Ossingen	1,000	994	1,177	1,198	1,158	1,053
Rheinau	—	—	604	716	698	1,278

Kirchgemeinde.	1634	1646	1671	1700	1738
Stammheim	1,194		·1,718	1,438	
Trüllikon	694	558	1,135	968	1,178
Bezirk Bülach.					
Bassersdorf	762	1,109	1,157	1,109	
Bülach	1,779		2,410	2,183	2,377
Dietlikon	294	374	355	365	
Eglisau	998		1,279	1,108	
Embrach	1,100	1,512	1,579	1,512	
Glattfelden	593	716	845	716	
Kloten	1,249	1,946	1,979	1,946	1,754
Lufingen	148	194	202	190	
Rafz	412		560	496	
Rorbas	698	734	995	896	1,270
Wallisellen			262	228	460
Wyl	1,056		1,274	1,057	
Bezirk Dielsdorf.					
Affoltern	200		318	300	
Bachs	300		463	450	
Buchs	326		633	479	
Dällikon	281		445	414	
Dielsdorf	256		382	345	
Niederhasle	732		1,136	1,073	
Niederweningen	935		879	840	
Oberglatt	320		455	410	587
Otelfingen	424		549	915	
Regensberg	209		174	187	
Regensdorf	553		745	681	
Rümlang	729		729	926	
Schöfflisdorf			395	376	
Stadel	689		965	900	
Steinmaur	1,271		1,283	1,466	
Weiach	361		624	563	
Bezirke.					
Zürich	16,299		20,266	20,081	
Affoltern	5,063		7,157	6,699	
Horgen	6,533		9,928	9,100	
Meilen	5,805		9,281	7,693	
Hinweil	5,973		8,684	8,304	
Uster	4,540		6,519	6,391	
Pfäffikon	4,596	7,535	8,113	7,996	11,764
Winterthur	11,699	14,563	17,782	16,240	
Andelfingen	7,247		11,858	10,646	
Bülach	9,089		12,897	11,806	
Dielsdorf	7,586		10,175	10,325	
Summe	84,430		122,660	115,281	

Kirchgemeinde.	1762	1771	1836	1850	1860	1870
Stammheim	1,950	1,505	2,257	2,464	2,411	2,411
Trülliton	1,200	875	1,253	1,393	1,412	1,413
Bassersdorf	2,100	1,543	1,792	2,073	1,959	1,923
Bülach	2,800	2,049	3,400	4,002	4,000	3,957
Dietlikon	550	482	704	782	771	764
Eglisau	1,600	1,433	1,608	1,612	1,572	1,435
Embrach	1,465	1,507	2,012	2,272	2,202	2,233
Glattfelden	700	637	1,098	1,247	1,381	1,590
Kloten	1,963	1,442	2,068	2,135	2,027	1,932
Lufingen	200	148	262	259	246	243
Rafz	650	670	1,337	1,583	1,588	1,535
Rorbas	1,184	1,096	1,424	1,751	2,213	2,362
Wallisellen	350	419	553	574	633	637
Wyl	1,230	1,066	1,803	2,008	2,101	2,071
Affoltern	380	412	820	786	829	795
Bachs	470	414	596	617	673	651
Buchs	442	467	584	649	620	596
Dällikon	450	440	567	602	656	582
Dielsdorf	508	466	642	674	650	681
Niederhasle	1,232	941	1,473	1,626	1,539	1,409
Niederweningen	750	760	995	1,079	1,009	969
Oberglatt	559	492	773	750	729	724
Otelfingen	1,100	529	1,007	1,087	1,033	1,013
Regensberg	231	219	289	343	373	304
Regensdorf	730	678	1,067	1,201	1,131	1,063
Rümlang	785	713	895	904	876	875
Schöfflisdorf	600	584	955	1,115	1,122	1,001
Stadel	894	701	1,342	1,452	1,419	1,888
Steinmaur	1,200	796	1,600	1,709	1,638	1,548
Weiach	523	536	675	716	720	742
Zürich	27,246	25,351	41,775	48,802	59,016	73,646
Affoltern	9,107	8,672	12,180	12,925	12,934	12,818
Horgen	13,724	14,495	20,956	24,377	25,959	26,930
Meilen	14,049	13,447	18,305	19,399	19,685	19,788
Hinweil	15,455	15,437	25,463	25,209	26,306	27,637
Uster	11,017	10,334	16,360	17,005	17,916	17,293
Pfäffikon	15,382	12,960	20,408	19,857	19,330	18,225
Winterthur	20,704	19,019	28,637[1]	31,059[1]	33,139[1]	36,381[1]
Andelfingen	12,233	10,571	15,151[2]	16,457[2]	16,270[2]	17,045[2]
Bülach	14,792	12,492	18,061	20,298	20,693	20,682
Dielsdorf	10,854	9,148	14,280	15,310	15,017	14,341
Summe	164,563	151,926	231,576	250,698	266,265	284,786

1) mit, 2) ohne Dorliton.

Volksmenge des Kantons Zürich
nach Obervogteien, Herrschaften und Grafschaften.

Tabelle 2.

Obervogteien, Herrschaften und Grafschaften.	1467	1529	1588	1610	1634	1671
Zürich, Stadt	4,476	5,687	8,649	12,994	8,959	9,675
Kyburg, Grafschaft	6,346	23,900	34,500	44,100	23,322	38,573
Stammheim, Herrschaft	437	764	1,347	1,721	879	1,052
Andelfingen "	1,541	5,453	5,973	7,614	4,209	7,061
Eglisau "	—	1,422	3,060	3,890	3,059	3,058
Regensberg "	599	2,890	3,360	4,290	2,840	4,064
Knonau "	1,127	3,030	6,100	7,775	3,985	5,924
Wädensweil "	931	1,526	3,060	4,039	2,829	4,421
Grüningen "	2,104	5,420	8,550	10,880	7,439	10,853
Greifensee "	1,024	2,515	3,360	4,295	2,443	2,921
Ebmatingen, Obervogtei	15	73	92	122	77	120
Schwamendingen "	459	1,270	1,537	1,960	1,065	1,415
Neuamt "	594	1,922	5,175	6,770	3,084	4,304
Bülach "	346	1,146	1,388	1,795	985	1,336
Rümlang "	163	428	520	662	729	729
Regensdorf "	247	923	1,116	1,424	1,067	1,429
Weiningen "	196	294	428	545	506	744
Höngg "	310	713	865	1,102	697	715
IV Wachten "	586	1,220	1,480	1,890	1,600	1,951
Küsnacht "	1,269	3,572	4,420	4,980	3,036	3,549
Erlenbach "	144	508	628	710	331	575
Meilen "	386	1,220	1,508	2,230	1,106	1,657
Männedorf "	189	610	755	1,158	859	1,360
Stäfa "	420	1,006	1,241	2,265	1,206	1,981
Horgen "	1,039	2,865	4,200	4,735	3,688	5,922
Bonstetten "	224	830	1,005	1,280	1,078	1,233
Birmensdorf "	145	520	630	805	831	1,088
Altstetten, Reichsvogtei	139	416	505	644	495	686
Uitikon, Herrschaft	33	131	159	235	156	207
Wiedikon, Obervogtei	187	505	613	922	722	1,124
Wollishofen "	270	610	740	1,100	707	976
Summe	25,946	73,389	106,964	138,932	83,989	121,603

Anmerkung. Die nicht bedeutenden Differenzen in den Gesammtsummen der Volkszählungen nach Kirchgemeinden und nach Obervogteien konnten nicht aufgefunden und ausgeglichen werden.

in verschiedenen Zeitaltern,

Gesammelt von J. H. Waser, Pfarrer.

Obervogteien, Herrschaften und Grafschaften.	1678	1700	1748	1762	1771	1773
Zürich, Stadt	10,050	8,180	9,949	10,616	9,850	9,718
Kyburg, Grafschaft	42,900	35,861	40,482	51,715	44,551	42,940
Stammheim, Herrschaft	1,186	882	1,016	1,195	924	887
Andelfingen "	7,470	6,225	5,770	6,596	6,368	5,656
Eglisau	4,224	3,377	3,463	4,180	3,806	3,685
Regensberg "	4,090	4,280	3,609	5,031	4,057	3,949
Knonau "	6,555	5,376	6,452	7,631	7,129	6,870
Wädensweil "	4,730	3,997	5,931	6,474	7,675	7,415
Grüningen "	9,909	9,670	16,215	18,222	17,989	17,320
Greifensee "	3,655	3,580	4,322	5,601	4,758	4,586
Ebmatingen, Obervogtei	127	108	151	164	165	159
Schwamendingen "	1,712	1,712	2,504	2,912	2,751	2,648
Neuamt "	4,512	3,725	2,906	4,086	3,209	3,092
Bülach	1,432	1,210	1,029	1,550	1,135	1,093
Rümlang	930	926	649	785	713	686
Regensdorf "	1,636	1,479	1,394	1,560	1,530	1,473
Weiningen "	837	746	807	1,200	885	852
Höngg	990	810	893	1,200	991	955
IV Wachten "	2,468	2,445	2,760	3,169	3,043	2,896
Küsnacht "	4,990	4,361	5,339	6,150	5,895	5,677
Erlenbach "	586	465	595	694	654	628
Meilen "	1,826	1,600	2,209	2,200	2,210	2,115
Männedorf	1,461	1,060	1,761	2,000	1,942	1,873
Stäfa "	2,250	1,664	3,942	4,836	4,360	4,200
Horgen "	6,450	5,003	7,398	8,560	8,358	8,064
Bonstetten "	1,436	1,323	1,407	1,476	1,543	1,485
Birmensdorf "	1,232	1,105	1,064	1,410	1,148	1,105
Altstetten, Reichsvogtei	820	770	748	942	847	816
Uitikon, Herrschaft	232	204	232	311	254	245
Wiedikon, Obervogtei	1,380	1,328	1,501	1,743	1,652	1,590
Wollishofen "	1,152	1,071	1,226	1,337	1,354	1,303
Summe	133,228	114,543	137,724	165,546	151,746	145,981

Durchschnittspreise des Getreides (Kernen),

in Doppelzentner und französischen Franken.

Tabelle 3.

Jahre	0	1	2	3	4	5	6	7	8	9	Durchschnitt
	Fr.	Fr.	Fr.	Fr.	Fr.	Fr.	Fr.	Fr.	Fr.	Fr.	Fr.
1540	14₅₀	12₂₀	23₃₀	23₅₀	40₅₀	38₆₀	14₅₀	12₂₀	21₉₀	22₉₀	22₄₀
1550	22₃₀	28₄₀	23₆₀	15₄₀	15₆₀	9₄₀	15₄₀	15₇₀	?	14₂₀	17₈₀
1560	23₃₀	28₄₀	37₈₀	{37₈₀ / 17₄₀}	56₉₀	38₆₀	?	?	20₄₀	?	32₆₀
1570	53₉₀	54₈₀	52₇₀	52₇₀	{45 / 60₉₀}	46₁₀	19₁₀	14₉₀	25₆₀	32₃₀	41₆₀
1580	25₈₀	25₈₀	23₅₀	23₅₀	27₈₀	38₆₀	54₈₀	68₄₀	33₄₀	45₄₀	36₇₀
1590	55₇₀	29₉₀	55₇₀	38₆₀	29₈₀	38₆₀	23₇₀	29₆₀	31₇₀	27₁₀	36
1600	39₃₀	40₅₀	23	18₁₀	22₆₀	19₈₀	29₂₀	28₂₀	33₆₀	33₈₀	28₆₀
1610	32₉₀	31₅₀	30₃₀	27₁₀	41₁₀	19₈₀	13₅₀	13₉₀	14₅₀	16₄₀	24₁₀
1620	25₂₀	26₆₀	52₇₀	107₉₀	23₈₀	?	34₆₀	37₄₀	65₈₀	31₃₀	45
1630	43	27₁₀	31₅₀	36₂₀	75₇₀	79	88₉₀	52₄₀	38₁₀	34₉₀	50₇₀
1640	34₉₀	43₃₀	47₇₀	19₁₀	39₂₀	19₁₀	26₁₀	19₁₀	26₁₀	32₅₀	30₇₀
1650	38₆₀	36₅₀	24₄₀	20₃₀	17₈₀	11₁₀	15₂₀	15₂₀	22₃₀	19₄₀	22₁₀
1660	32₂₀	32₁₀	41₆₀	32₅₀	32₅₀	31₃₀	19₄₀	23	19₁₀	?	29₂₀
1670	13₈₀	13₂₀	13	12₈₀	20₉₀	33₄₀	24₇₀	23	25	29	20₈₀
1680	27₇₀	28₄₀	18₃₀	13₉₀	13₉₀	14₈₀	14₁₀	17₁₀	31₃₀	34₁₀	21₄₀
1690	33₈₀	31₇₀	57₄₀	48₂₀	{78₃₀ / 26₁₀}	23₅₀	15₇₀	18₃₀	33₉₀	47₂₀	37₆₀
1700	27₄₀	27₃₀	22₃₀	20₃₀	20₉₀	16₄₀	15₃₀	16₂₀	24₅₀	33₄₀	22₄₀
1710	22₃₀	25₉₀	36₅₀	41₈₀	27₄₀	22₃₀	25₈₀	19₈₀	17₄₀	19	25₈₀
1720	19₅₀	18₈₀	17	17	18₈₀	20₇₀	19₄₀	16₇₀	14₃₀	15	17₇₀
1730	14₃₀	18₁₀	18₆₀	19₈₀	21	21	19₁₀	16₄₀	20	25₉₀	19₄₀
1740	23₃₀	23₁₀	22₆₀	26₁₀	21₆₀	19₈₀	23	19₁₀	17₄₀	25₈₀	22₂₀
1750	24₉₀	22₃₀	23₇₀	19₅₀	20₉₀	21	19₈₀	23	23₅₀	21	22
1760	17₉₀	14₃₀	17₄₀	17₉₀	20₅₀	21₆₀	23₃₀	23₃₀	24₄₀	23₆₀	20₅₀

Getreide-Erträgnisse.

Tabelle 4.

Jahre.	0	1	2	3	4	5	6	7	8	9
1540	unt.Mit.	üb.Mit.	unt.Mit.	gering	gering	sehr ger.	gering	gering	f.gering	unt.Mit.
1550	unt.Mit.	gering	unt.Mit.	gering	gering	gut	f.gering	gering	unt.Mit.	f.gering
1560	unt.Mit.	f.gering	üb.Mit.	gering	unt.Mit.	unt.Mit.	üb.Mit.	üb.Mit.	gering	üb.Mit.
1570	unt.Mit.	f.gering	üb.Mit.	gering	gering	üb.Mit.	unt.Mit.	gering	gering	gering
1580	f.gering	gering	f.gering	f.gering	f.gering	unt.Mit.	f.gering	f.gering	f.gering	f.gering
1590	f.gering	gering	f.gering	gering	f.gering	f.gering	unt.Mit.	unt.Mit.	gering	üb.Mit.
1600	unt.Mit.	f.gering	üb.Mit.	gut	sehr gut	gering	gering	unt.Mit.	gering	gering
1610	üb.Mit.	üb.Mit.	gering	unt.Mit.	unt.Mit.	gering	üb.Mit.	üb.Mit.	unt.Mit.	üb.Mit.
1620	üb.Mit.	unt.Mit.	gering	gering	gering	unt.Mit.	gut	unt.Mit.	unt.Mit.	üb.Mit.
1630	f.gering	üb.Mit.	unt.Mit.	unt.Mit.	gut	gering	gut	gut	üb.Mit.	f.gut
1640	gut	gut	f.gut	gut	f.gut	f.gut	f.gut	gut	f.gut	üb.Mit.
1650	gut	üb.Mit.	unt.Mit.	gut	f.gut	gering	üb.Mit.	gut	gering	f.gut
1660	unt.Mit.	gut	üb.Mit.	gut	unt.Mit.	gering	f.gut	üb.Mit.	üb.Mit.	f.gut
1670	unt.Mit.	gut	f.gut	üb.Mit.	üb.Mit.	gut	gut	gut	f.gut	gering
1680	f.gut	gering	f.gut	gut	gut	üb.Mit.	f.gut	f.gut	gering	f.gut
1690	gut	f.gering	f.gering	unt.Mit.	gut	f.gering	f.gut	unt.Mit.	gut	üb.Mit.
1700	gut	üb.Mit.	f.gut	gut	f.gut	gut	f.gut	gut	üb.Mit.	unt.Mit.
1710	gut	unt.Mit.	gering	unt.Mit.	gut	üb.Mit.	gut	gut	üb.Mit.	gut
1720	f.gut	unt.Mit.	gut	gut	üb.Mit.	üb.Mit.	gut	gut	gut	gut
1730	gut	f.gering	f.gut	gut	gut	unt.Mit.	gut	f.gut	unt.Mit.	gut
1740	gut	üb.Mit.	gut	üb.Mit.	üb.Mit.	unt.Mit.	gut	f.gut	gut	f.gering
1750	f.gut	unt.Mit.	gut	gut	unt.Mit.	gut	gut	üb.Mit.	f.gering	gut
1760	üb.Mit.	gut	gut	gut	unt.Mit.	gering	unt.Mit.	gering	unt.Mit.	gering

Fruchtpreise.

Jahre.		0	1	2	3	4	5	6	7	8	9	Durchschnitt
		Fr.	Fr.	Fr.	Fr.	Fr.	Fr.	Fr.	Fr.	Fr.	Fr.	Fr.
1770	Mitt.	38.60	53.40	31	25.50	19.50	19.40	18.40	22.30	24.90	20.90	27.60
	Max.	55.90	68	39.50	30.40	21.70	23	20	26.20	26.70	24.90	
	Min.	23	35.50	26.50	20.60	17.30	16.40	16.70	20.80	24.90	17.10	
1780	Mitt.	17.60	19.80	23.50	20.70	17.90	24.30	24.20	24.20	27.20	32.20	23.10
	Max.	20	21.20	27.80	24.20	19.40	33	27.60	29.30	31.70	44.70	
	Min.	15.60	16.20	19.20	16.50	16.80	17.40	22.90	20.60	24.70	27.10	
1790	Mitt.	31.30	22.90	23.80	31.20	34.40	59.30	47.40	36.40	31.30	44.60	36.20
	Max.	37.40	26.40	27.20	37.10	38.90	67.30	57.80	48.90	35	57.40	
	Min.	25.80	20.30	20.70	26.90	31.70	38.60	33.40	31	27.20	28.50	
1800	Mitt.	45.50	30	39.40	39.70	31.40	36.60	36.70	30.60	24.60	22.50	33.70
	Max.	72.70	32.90	48.20	48.10	34.30	57.60	40.30	37.30	27.20	26.40	
	Min.	32.20	27.70	29.10	29.90	28.30	29	33.30	23.60	20.30	19.40	
1810	Mitt.	23.60	29.30	40.40	34.30	28.90	30.30	49.60	75	35.90	22.30	37
	Max.	26.70	39.30	52.90	39.80	32.90	36	73	118.70	58.20	25.30	
	Min.	20.30	24.60	33.30	28.10	24.80	24.40	30.90	53.10	24.60	18.40	
1820	Mitt.	20.80	23.10	19.80	20.60	21.50	20.40	17.60	21.50	26.60	25.40	21.70
	Max.	25.60	27.30	21.50	22.90	26	23.40	21.10	28.40	30.30	28.20	
	Min.	17.30	19.40	18.10	17.60	17.30	16.20	16	19.80	23.20	22.60	
1830	Mitt.	24.60	30.90	35.20	23.20	22.10	21.20	21.20	22	24.80	28.70	25.40
	Max.	29.10	37	50.40	26.30	32.50	22.30	22.90	24.60	26.40	31.40	
	Min.	20.70	26.80	26.70	19.10	19.20	19.10	19.40	18.90	22.40	25.80	
1840	Mitt.	26.20	23.70	27.80	30.40	32.40	29.50	39	47.70	25.60	20.30	30.20
	Max.	30.40	28.60	30.70	38.50	37.90	38.20	48.50	74	33.80	25.50	
	Min.	20.10	19.50	24	24.20	24.20	23.90	33.90	31.10	19.40	17.20	
1850	Mitt.	21.20	24.30	29	30.20	42.10	37.70	34.90	31	22.70	24.20	29.70
	Max.	26.60	28.60	36.70	42.80	53.10	40.20	41.90	38.50	26.90	28.40	
	Min.	17.60	20.20	23.20	22	28.30	34.50	30.10	23.60	20.40	21.10	
1860	Mitt.	32.70	32.50	29.70	29.10	26.20	23.60	28.10	36.70	33.60	28	30
	Max.	37.90	33.60	31.90	33.20	30	24.30	38.40	46.20	40.60	29.90	
	Min.	26.40	31.30	27.70	27.30	22.40	22.70	23	33.90	26.70	25.10	
1870	Mitt.	31.90	35.40	37.80	40	37.80	29.90	30.50	34.80			34.70
	Max.	35.30	38.80	38.90	41.90	42	35.90	33.30	40.10			
	Min.	28.20	33.10	36	38.30	30.30	27.90	27.30	32			

Getreide-Erträgnisse.

Jahre	0	1	2	3	4	5	6	7	8	9
1770	f. gering	gering	gering	unt. Mit.	gering	üb. Mit.	üb. Mit.	üb. Mit.	üb. Mit.	üb. Mit.
1780	gering	gering	gut	f. gut	gut	gering	f. gut	üb. Mit.	unt. Mit.	unt. Mit.
1790	gering	üb. Mit.	üb. Mit.	f. gering	gut	gering	unt. Mit.	gering	üb. Mit.	gering
1800	üb. Mit.	gut	gut	f. gut	gut	unt. Mit.	f. gering	f. gut	üb. Mit.	üb. Mit.
1810	gering	f. gut	gering	unt. Mit.	unt. Mit.	gering	f. gering	gering	f. gut	f. gut
1820	üb. Mit.	üb. Mit.	gut	f. gut	gut	f. gut	gut	üb. Mit.	gut	gering
1830	gering	f. gering	gut	gut	f. gut	gut	unt. Mit.	üb. Mit.	üb. Mit.	gut
1840	gut	unt. Mit.	üb. Mit.	gering	üb. Mit.	üb. Mit.	unt. Mit.	gut	f. gut	gut
1850	gering	üb. Mit.	üb. Mit.	unt. Mit.	üb. Mit.	üb. Mit.	unt. Mit.	f. gut	gut	gut
1860	unt. Mit.	unt. Mit.	üb. Mit.	üb. Mit.	üb. Mit.	f. gut	unt. Mit.	üb. Mit.	gut	üb. Mit.
1870	üb. Mit.	unt. Mit.	unt. Mit.	unt. Mit.	üb. Mit.	üb. Mit.	üb. Mit.	gut		

Weinpreise
per Hektoliter, in franz. Franken.

Z bezeichnet die Weinrechnung von Zürich, W von Winterthur.
(Die fett gedruckten Zahlen bezeichnen gute bis sehr gute Qualität.
Die schiefen Zahlen (Cursiv) . geringe und saure .)

Tabelle 5.

Jahre.		0	1	2	3	4	5	6	7	8	9	Durchschnitt
1470	Z	5.30	4.40	6.30	*3.90*	4.90	*3.90*	4.40	—	—	**9.70**	5.40
	W	**6**	8.50	4.20	4.80	4.80	3.70	6.60	8.50	7.20	**6**	**6**
1480	Z	*3.90*	—	6.30	—	—	*3.90*	7.80	*3.90*	*3.90*	5.30	**5**
	W	4.80	8.50	8.50	**6**	3.70	4.80	9.70	7.20	5.40	3.20	6.20
1490	Z	5.80	—	—	—	**7.80**	**5.30**	5.80	5.30	*3.90*	—	5.70
	W	8.50	5.40	5.40	8.50	**8.50**	**5.40**	6.30	7.20	8.50	7.20	7.10
1500	Z	5.30	5.30	5.30	5.30	**3.40**	**3.40**	3.90	*3.90*	*3.90*	5.30	4.50
	W	5.80	6.30	7.20	4.50	**2.70**	**4.50**	4.80	7.20	4.50	6.30	5.30
1510	Z	*3.90*	4.90	8.70	10.70	4.90	5.30	**8.70**	*9.20*	8.20	4.90	6.90
	W	4.90	6.70	10.80	*16.20*	7.20	6.70	**9.40**	12.50	**8**	7.20	**9**
1520	Z	*9.20*	*9.20*	6.30	6.30	6.30	5.30	6.30	6.30	6.30	5.30	6.70
	W	*9.20*	8.80	*12.80*	**8**	8.80	**8**	8.80	9.60	**8**	8.80	9.10
1530	Z	10.70	*9.20*	**9.20**	7.80	7.80	5.80	**7.80**	—	*9.20*	*4.90*	**8**
	W	14.40	**8**	**9.60**	9.60	9.60	6.40	**7.90**	7.90	14.20	*4.70*	9.20
1540	Z	*5.80*	4.40	4.40	*9.20*	*13.60*	9.70	5.80	—	7.80	8.20	7.70
	W	**4.70**	3.50	5.60	12.60	*16.50*	14.20	5.60	7.90	7.90	**11**	**9**
1550	Z	—	*9.20*	**4.90**	*3.90*	8.70	4.40	8.70	*4.90*	—	8.70	6.70
	W	10.20	**15**	**4.70**	*4.70*	10.30	7.40	9.50	5.10	6.60	9.50	8.30
1560	Z	—	*9.20*	9.70	*9.20*	11.60	*11.20*	8.70	6.30	7.80	9.70	9.30
	W	9.50	11.80	10.30	12.10	14.70	*14.70*	9.50	8.80	11.80	15.40	11.90
1570	Z	9.70	**17**	14.10	**15**	16	**8.20**	10.70	13.60	11.60	11.60	12.80
	W	13.20	17.60	16.20	*19.10*	*19.10*	**9.50**	20.60	**20**	14.30	**20**	**17**
1580	Z	11.60	*9.20*	*9.20*	10.70	6.30	10.70	13.60	**15**	21.80	24.80	13.60
	W	12.90	11.40	**10**	8.60	8.60	14.30	**20**	21.60	28.60	34.20	**17**
1590	Z	**20.80**	24.80	**24.80**	14.60	*16.50*	18.30	18.80	11.20	11.20	**11.20**	17.20
	W	**25.70**	34.20	**35.70**	21.40	*22.90*	28.60	25.30	18.60	16.50	**11.80**	24.10
1600	Z	11.20	11.20	11.20	**16**	8.70	11.20	8.20	**16**	11.20	14.60	**12**
	W	15.40	13.10	21.90	**23**	**12**	13.10	**12**	19.80	16.40	17.50	16.40
1610	Z	**12.10**	—	13.10	9.70	9.70	**12.60**	—	—	12.60	11.60	**13**
	W	**15.40**	6.60	17.50	13.70	*14.80*	**15.40**	8.80	8.80	**11**	17.50	**13**
1620	Z	11.60	9.70	14.60	16.50	**14.60**	14.60	12.60	11.20	12.60	23.60	14.20
	W	19.30	**20.30**	32.50	21.90	**15.40**	21.90	17.50	13.10	17.60	35.10	21.50
1630	Z	8.20	**8.20**	12.60	13.60	12.60	**23.80**	12.60	7.80	**15.50**	18.30	13.30
	W	14.30	**6.60**	15.40	15.40	19.80	**29.60**	**17**	9.30	19.80	21.90	16.90
1640	Z	15.50	15.50	**20**	24.30	**22.60**	10.70	7.80	10.70	13.10	12.10	15.20
	W	20.90	21.90	**30.70**	28.50	**30.70**	14.30	9.90	13.70	16.90	17.90	20.50

Ertrag der Weinreben.

Tabelle 6.

Jahre.	0	1	2	3	4	5	6	7	8	9
	Konnte wegen Mangel an sichern Daten nicht ergänzt werden.									
1600	viel	f.wenig	f.wenig	u.Mit.	u.Mit.	wenig	f.wenig	f.wenig	f.wenig	f.wenig
1610	ü.Mit.	viel	f.wenig	viel	wenig	u.Mit.	f. viel	u.Mit.	wenig	wenig
1620	f.wenig	wenig	wenig	u.Mit.	ü.Mit.	wenig	ü.Mit.	u.Mit.	f.f.wen.	f.wenig
1630	viel	f. viel	f.wenig	wenig	u.Mit.	ü.Mit.	f. viel	u.Mit.	f.wenig	
1640	u.Mit.	u.Mit.	f.wenig	wenig	wenig	f. viel	viel	u.Mit.	f.wenig	wenig

Jahre.		0	1	2	3	4	5	6	7	8	9	Durchschnitt.
1650	Z	11_{60}	13_{10}	10_{20}	6_{30}	10_{20}	—	—	—	10_{70}	—	10_{30}
	W	12_{70}	16_{90}	12_{70}	9_{50}	11_{60}	9_{50}	7_{90}	7_{90}	16_{90}	8_{90}	11_{50}
1660	Z	5_{30}	—	—	10_{70}	9_{70}	10_{20}	8_{20}	7_{80}	9_{70}	9_{70}	8_{90}
	W	12_{90}	7_{40}	9_{40}	13_{80}	12_{80}	12	8_{30}	11_{10}	10_{20}	12	11
1670	Z	—	—	—	8_{70}	9_{70}	13_{60}	15	9_{70}	9_{70}	—	11_{40}
	W	7_{90}	7_{50}	7_{50}	10_{20}	13	16_{70}	16_{70}	10_{20}	9_{70}	7	10_{60}
1680	Z	8_{20}	9_{20}	5_{80}	5_{80}	5_{80}	7_{80}	9_{20}	—	9_{20}	14_{10}	8_{40}
	W	7_{90}	10_{50}	5_{70}	7	7	8_{70}	10	7	10_{50}	15_{70}	9
1690	Z	12_{60}	15	12_{60}	20	11_{60}	7_{80}	14_{10}	14_{10}	9_{20}	10_{70}	12_{80}
	W	13_{90}	15_{70}	15_{70}	20_{10}	13_{90}	9_{60}	15_{70}	15_{70}	11_{40}	12_{30}	14_{40}

Z = Zürich, W = Winterthur, S = Schaffhausen, H = Horgen, St. = Stäfa, V = Veltheim.

Jahre		0	1	2	3	4	5	6	7	8	9	Durchschnitt
	Z	8_{20}	10_{20}	—	8_{20}	10_{20}	6_{30}	9_{70}	5_{80}	10_{70}	—	8_{70}
1700	W	9_{60}	11_{40}	6_{90}	10_{50}	11_{40}	8_{70}	10_{50}	6_{10}	12_{70}	21_{80}	11
	S	5_{90}	6_{30}	4_{50}	6_{30}	8_{90}	6_{30}	6_{70}	3_{90}	8_{90}	—	5_{80}
	Z	14_{10}	7_{80}	7_{80}	10_{20}	10_{20}	11_{60}	10_{20}	13_{10}	9_{70}	5_{30}	10
1710	W	17_{50}	9_{60}	8_{70}	11_{40}	13_{10}	8_{70}	13_{10}	14_{90}	10_{80}	5_{80}	11_{40}
	S	11_{80}	6_{70}	5_{90}	7_{30}	8_{90}	9_{10}	7_{80}	10_{10}	6_{70}	3_{80}	7_{80}
	Z	4_{90}	8_{70}	7_{80}	6_{30}	5_{30}	—	9_{70}	—	4_{40}	3_{40}	6_{30}
1720	W	5_{80}	10_{60}	9_{10}	8_{30}	6_{60}	8_{30}	11_{60}	6	5_{60}	4_{50}	7_{70}
	S	4_{40}	7_{60}	5_{30}	5_{70}	4_{20}	5_{80}	7_{60}	4_{20}	3_{30}	2_{50}	5_{10}
	Z	4_{40}	8_{70}	8_{70}	8_{20}	10_{70}	13_{10}	11_{60}	8_{70}	12_{60}	—.	9_{60}
1730	W	6	9_{70}	9_{70}	9_{70}	12_{70}	14_{10}	15_{80}	10_{60}	18_{50}	7_{90}	11_{50}
	S	4_{20}	7_{10}	7_{10}	7_{80}	9_{30}	11_{30}	11_{80}	9_{80}	18_{10}	5_{10}	9_{10}
	Z	5_{80}	15_{50}	11_{60}	9_{70}	10_{20}	10_{20}	9_{20}	8_{20}	7_{80}	13_{60}	10_{10}
1740	W	7_{10}	18_{50}	12_{10}	13_{50}	11_{40}	11_{40}	11_{40}	11_{40}	10	18_{50}	12_{50}
	S	5_{10}	18_{90}	10_{50}	13_{90}	12_{60}	14_{80}	12_{20}	10_{90}	9_{50}	16_{10}	12_{50}
	Z	10_{20}	7_{70}	—	—	5_{80}	11_{60}	6_{30}	—	10_{20}	12_{10}	9_{10}
1750	W	14_{20}	10	9_{30}	10	7_{10}	14_{80}	9_{70}	9_{70}	14_{50}	13_{80}	11_{30}
	S	15_{10}	7_{10}	9_{50}	8_{90}	7_{60}	13_{90}	7_{60}	9_{50}	15_{10}	15_{60}	11
	Z	7_{80}	4_{90}	—	—	8_{70}	9_{70}	11_{60}	11_{60}	11_{60}	11_{60}	9_{70}
1760	W	9_{70}	6_{90}	9	9_{70}	12_{50}	14_{50}	15_{20}	13_{80}	13_{80}	14_{80}	12
	¹S	10_{70}	8_{20}	8_{90}	10_{70}	14_{40}	15_{40}	16_{40}	16	15_{10}	17_{70}	13_{40}
	Z	15_{50}	18_{30}	9_{20}	12_{60}	10_{70}	7_{80}	6_{90}	10	7_{10}	9_{60}	10_{80}
1770	W	17_{60}	22_{30}	10_{20}	15_{60}	13_{50}	9_{50}	9_{50}	14_{90}	10_{80}	18_{30}	17_{20}
	S	24_{70}	26_{50}	12_{60}	18_{30}	19_{30}	9_{90}	11_{70}	17_{70}	10_{10}	21_{50}	17_{20}
	H	7_{80}	6_{30}	6_{80}	6_{80}	6_{80}	6_{80}	13_{10}	12_{10}	8_{70}	13_{60}	8_{80}
1780	W	12_{90}	9_{50}	10_{80}	12_{20}	10_{20}	8_{80}	21_{70}	14_{90}	10_{20}	14_{90}	12_{60}
	S	16_{40}	9_{50}	12	12_{20}	10_{90}	12_{60}	24_{70}	17_{30}	12_{60}	18_{90}	14_{70}
	²H	12_{60}	13_{60}	12_{10}	15	11_{60}	17	15	17	13_{60}	27_{20}	15_{50}
1790	St.	14_{60}	17_{90}	15	21_{30}	16_{50}	25_{40}	26_{90}	28_{10}	17_{50}	19_{50}	20_{20}
	³V	30	27_{40}	25_{10}	30_{60}	19_{10}	38_{10}	37_{40}	38_{80}	38_{80}	36_{10}	32_{10}
	S	17_{70}	17_{70}	12_{60}	22_{70}	12_{20}	29_{10}	31_{60}	25_{30}	13_{90}	37_{90}	22_{70}

1. Schaffhausen, Preise für rothe, 2. Horgen und Stäfa, für weiße, 3. Veltheim für rothe Qualität.

Jahre.	0	1	2	3	4	5	6	7	8	9
1650	u.Mit.	u.Mit.	wenig	f. viel	ü.Mit.	ü.Mit.	u.Mit.	u.Mit.	u.Mit.	u.Mit.
1660	u.Mit.	viel	wenig	f.wenig	u.Mit.	ü.Mit.	ü.Mit.	ü.Mit.	u.Mit.	ü.Mit.
1670	ü.Mit.	u.Mit.	ü.Mit.	wenig	wenig	f.wenig	wenig	viel	ü.Mit.	viel
1680	ü.Mit.	ü.Mit.	ü.Mit.	viel	ü.Mit.	wenig	ü.Mit.	viel	wenig	f.wenig
1690	u.Mit.	wenig	wenig	wenig	u.Mit.	wenig	wenig	f.wenig	wenig	ü.Mit.
1700	u.Mit.	wenig	viel	ü.Mit.	viel	ü.Mit.	f. viel	f. viel	wenig	f.f.wen.
1710	wenig	viel	f. viel	u.Mit.	u.Mit.	u.Mit.	wenig	ü.Mit.	viel	f.f.viel
1720	ü.Mit.	wenig	ü.Mit.	viel	f. viel	ü.Mit.	ü.Mit.	f. viel	f. viel	f.f.viel
1730	viel	u.Mit.	ü.Mit.	ü.Mit.	u.Mit.	u.Mit.	u.Mit.	viel	f.wenig	f. viel
1740	f.wenig	f.wenig	u.Mit.	u.Mit.	ü.Mit.	ü.Mit.	ü.Mit.	wenig	u.Mit.	wenig
1750	wenig	viel	viel	viel	viel	wenig	ü.Mit.	u.Mit.	wenig	wenig
1760	viel	f. viel	viel	ü.Mit.	ü.Mit.	u.Mit.	wenig	wenig	u.Mit.	u.Mit.
1770	f.wenig	f.wenig	f. viel	wenig	viel	viel	ü.Mit.	ü.Mit.	ü.Mit.	ü.Mit.
1780	viel	f. viel	viel	ü.Mit.	f. viel	ü.Mit.	wenig	ü.Mit.	f.f.viel	wenig
1790	ü.Mit.	ü.Mit.	u.Mit.	ü.Mit.	f. viel	ü.Mit.	ü.Mit.	viel	viel	wenig

Jahre.		0	1	2	3	4	5	6	7	8	9	Durchschnitt.
1800	H	43$_{70}$	19$_{40}$	12$_{60}$	9$_{70}$	6$_{80}$	10$_{70}$	11$_{60}$	7$_{80}$	5$_{80}$	9$_{70}$	13$_{80}$
	St.	50$_{40}$	23$_{30}$	17$_{40}$	16$_{40}$	9$_{80}$	9$_{80}$	15$_{60}$	15$_{60}$	9$_{70}$	15$_{50}$	18$_{30}$
	V	69$_{30}$	36$_{70}$	35$_{30}$	35$_{30}$	22$_{40}$	24$_{50}$	35$_{30}$	21$_{70}$	20$_{40}$	25$_{80}$	32$_{70}$
	S	48	18$_{30}$	15$_{80}$	12$_{60}$	8$_{90}$	16$_{40}$	29$_{10}$	19$_{30}$	12$_{30}$	20$_{90}$	20$_{10}$
1810	H	18$_{40}$	13$_{10}$	11$_{60}$	13$_{60}$	13$_{60}$	36$_{90}$	33	27$_{20}$	23$_{30}$	15$_{50}$	20$_{60}$
	St.	29$_{10}$	17$_{40}$	16	17$_{30}$	26$_{20}$	42$_{70}$	37$_{80}$	41$_{20}$	29$_{60}$	22$_{30}$	28
	V	44$_{30}$	32$_{60}$	26$_{50}$	31$_{30}$	36$_{70}$	60	51	64$_{60}$	59$_{20}$	46$_{90}$	45$_{30}$
	S	31$_{60}$	24$_{70}$	16$_{40}$	20$_{90}$	30$_{80}$	48	35$_{30}$	37$_{90}$	36	24$_{70}$	30$_{60}$
1820	H	14$_{60}$	15$_{60}$	16$_{50}$	10$_{20}$	10$_{70}$	19$_{40}$	11$_{60}$	7$_{80}$	4$_{90}$	7$_{80}$	11$_{90}$
	St.	21$_{20}$	19$_{40}$	26$_{20}$	13$_{50}$	14$_{50}$	28$_{10}$	19$_{20}$	11$_{30}$	9$_{20}$	10$_{60}$	17$_{30}$
	V	40$_{10}$	56$_{60}$	56$_{60}$	21$_{70}$	21$_{70}$	46$_{90}$	35$_{30}$	20$_{10}$	16$_{30}$	16$_{30}$	33$_{20}$
	S	24$_{70}$	24	30$_{80}$	12$_{60}$	12$_{60}$	24$_{70}$	15$_{40}$	15$_{10}$	7$_{60}$	7$_{60}$	17$_{40}$
1830	H	15$_{50}$	17$_{50}$	17$_{50}$	8$_{70}$	12$_{60}$	5$_{80}$	6$_{30}$	7$_{80}$	8$_{70}$	7$_{80}$	11$_{90}$
	St.	22$_{30}$	23$_{50}$	26$_{20}$	13$_{50}$	22$_{30}$	7$_{70}$	11$_{60}$	11$_{10}$	15$_{70}$	10$_{70}$	17$_{30}$
	V	31$_{30}$	33$_{30}$	44$_{20}$	29$_{90}$	32$_{60}$	16$_{30}$	23$_{80}$	19	30$_{60}$	21$_{10}$	33$_{20}$
	S	22$_{10}$	24$_{70}$	31$_{60}$	15$_{40}$	18$_{90}$	8$_{90}$	10$_{10}$	8$_{90}$	19$_{80}$	12$_{70}$	17$_{40}$
1840	H	5$_{80}$	19$_{40}$	7$_{80}$	10$_{70}$	15$_{50}$	14$_{60}$	16$_{50}$	7$_{80}$	11$_{60}$	6$_{80}$	11$_{70}$
	St.	8$_{20}$	29$_{10}$	13$_{20}$	11$_{10}$	19$_{40}$	17	19$_{40}$	12$_{10}$	16	14$_{50}$	16
	V	19$_{70}$	39$_{40}$	25$_{80}$	23$_{80}$	34$_{70}$	28$_{50}$	34$_{70}$	14$_{90}$	21$_{10}$	22$_{40}$	26$_{50}$
	S	12$_{70}$	20$_{90}$	22$_{60}$	18$_{50}$	25$_{50}$	24$_{10}$	27$_{60}$	14$_{90}$	17$_{70}$	17$_{70}$	20$_{80}$
1850	H	9$_{60}$	9$_{20}$	11$_{70}$	16$_{70}$	33$_{30}$	18$_{70}$	17$_{50}$	15	10	13$_{30}$	15$_{50}$
	St.	11$_{10}$	13$_{50}$	16$_{20}$	23$_{70}$	47$_{90}$	27$_{10}$	22	22	11$_{20}$	21$_{70}$	21$_{60}$
	V	17	19	27$_{20}$	32$_{90}$	66$_{60}$	53$_{30}$	44$_{90}$	45$_{90}$	28$_{10}$	41$_{60}$	37$_{70}$
	S	14$_{10}$	16$_{70}$	17$_{30}$	30	52	38$_{60}$	32	35	18$_{70}$	34$_{70}$	28$_{90}$
1860	H	15	29$_{20}$	16$_{70}$	16$_{70}$	15	18$_{80}$	14$_{60}$	13$_{30}$	15	15	16$_{80}$
	St.	17$_{50}$	41$_{60}$	22	19$_{50}$	18$_{30}$	23$_{70}$	18$_{70}$	15$_{80}$	23$_{30}$	25	22$_{50}$
	V	31$_{60}$	33$_{90}$	42$_{30}$	44$_{30}$	40	51$_{90}$	40$_{60}$	34$_{90}$	43$_{30}$	34$_{60}$	40
	S	24	—	33$_{10}$	33	—	40$_{60}$	25$_{60}$	22$_{30}$	42	30$_{40}$	31$_{40}$
1870	H	13$_{30}$	16$_{70}$	23$_{30}$	40	20$_{80}$	15	21$_{70}$	20$_{70}$			22$_{20}$
	St.	13$_{70}$	19$_{10}$	31$_{20}$	42$_{90}$	23$_{70}$	18$_{30}$	31$_{20}$	31$_{20}$			26$_{10}$
	V	47$_{10}$	44$_{30}$	57$_{20}$	62$_{50}$	45$_{60}$	40$_{90}$	45$_{30}$	44$_{30}$			48$_{40}$
	S	28$_{80}$	27	42	57$_{30}$	39$_{20}$	34$_{30}$	38$_{50}$	42$_{60}$			38$_{10}$

H = Horgen, St. = Stäfa (f. weiße Qualität), V = Veltheim,
S = Schaffhausen (f. rothe Qualität).

Mostpreise (Richtersweil) per Hektoliter.

Tabelle 7.

Jahre.	0	1	2	3	4	5	6	7	8	9	Durchschnitt.
1840	3$_{90}$	9$_{70}$	5$_{80}$	10$_{80}$	12$_{10}$	11$_{70}$	11$_{70}$	5$_{80}$	5$_{80}$	5$_{80}$	8$_{30}$
1850	11$_{70}$	14$_{60}$	11$_{70}$	11$_{70}$	20	12$_{50}$	20	7$_{50}$	8$_{30}$	15	13$_{30}$
1860	8$_{30}$	20$_{80}$	5$_{40}$	16$_{70}$	11$_{70}$	12$_{90}$	10$_{40}$	10$_{80}$	5$_{80}$	9$_{20}$	11$_{20}$
1870	5$_{40}$	16$_{70}$	16$_{70}$	—	12$_{50}$	15	—	20$_{80}$			14$_{50}$

Jahre.	0	1	2	3	4	5	6	7	8	9
1800	f.wenig	wenig	viel	ü.Mit.	viel	f.wenig	ü.Mit.	viel	wenig	wenig
1810	wenig	f. viel	u.Mit.	f.wenig	f.wenig	f.wenig	f.wenig	wenig	viel	u.Mit.
1820	wenig	f.wenig	ü.Mit.	ü.Mit.	u.Mit.	ü.Mit.	ü.Mit.	viel	f. viel	u.Mit.
1830 H	f.wenig	wenig	ü.Mit.	u.Mit.	f.f.viel	f. viel	viel	viel	ü.Mit.	f. viel
1830 St.	f.wenig	wenig	u.Mit.	viel	f. viel	viel	viel	u.Mit.	ü.Mit.	ü.Mit.
1830 V	wenig	wenig	wenig	viel	f. viel	f. viel	wenig	viel	wenig	viel
1830 S	f.wenig	f.wenig	f.wenig	f. viel	viel	f. viel	wenig	wenig	wenig	wenig
1840 H	ü.Mit.	wenig	viel	u.Mit.	ü.Mit.	viel	f. viel	ü.Mit.	ü.Mit.	f. viel
1840 St.	viel	f.wenig	ü.Mit.	wenig	u.Mit.	ü.Mit.	ü.Mit.	ü.Mit.	ü.Mit.	ü.Mit.
1840 V	viel	wenig	viel	wenig	wenig	wenig	viel	f. viel	viel	viel
1840 S	wenig	wenig	ü.Mit.	u.Mit.	u.Mit.	wenig	ü.Mit.	viel	ü.Mit.	ü.Mit.
1850 H	f. viel	ü.Mit.	ü.Mit.	ü.Mit.	wenig	ü.Mit.	f. viel	viel	ü.Mit.	ü.Mit.
1850 St.	u.Mit.	wenig	wenig	u.Mit.	f.wenig	wenig	ü.Mit.	ü.Mit.	viel	ü.Mit.
1850 V	wenig	wenig	wenig	wenig	wenig	f.wenig	viel	viel	viel	viel
1850 S	wenig	wenig	wenig	wenig	wenig	wenig	ü.Mit.	ü.Mit.	viel	u.Mit.
1860 H	u.Mit.	ü.Mit.	ü.Mit.	viel	ü.Mit.	ü.Mit.	viel	u.Mit.	viel	ü.Mit.
1860 St.	u.Mit.	ü.Mit.	ü.Mit.	viel	ü.Mit.	ü.Mit.	viel	u.Mit.	u.Mit.	ü.Mit.
1860 V	wenig	wenig	wenig	wenig	wenig	viel	wenig	wenig	f. viel	f. viel
1860 S	wenig	—	ü.Mit.	viel	—	u.Mit.	viel	u.Mit.	viel	ü.Mit.
1870 H	wenig	ü.Mit.	ü.Mit.	ü.Mit.	ü.Mit.	viel	ü.Mit.	ü.Mit.		
1870 St.	ü.Mit.	viel	ü.Mit.	f.wenig	viel	f. viel	u.Mit.	u.Mit.		
1870 V	wenig	wenig	wenig	wenig	viel	viel	viel	viel		
1870 S	wenig	u.Mit.	wenig	u.Mit.	viel	f. viel	u.Mit.	u.Mit.		

Obsternte.

Tabelle 8.

Jahre.	0	1	2	3	4	5	6	7	8	9
1840	f. viel	wenig	viel	wenig	wenig	wenig	wenig	f. viel	viel	viel
1850	wenig	u.Mit.	u.Mit.	u.Mit.	f.wenig	ü.Mit.	f.wenig	viel	viel	wenig
1860	viel	wenig	f. viel	wenig	u.Mit.	viel	ü.Mit.	ü.Mit.	viel	u.Mit.
1870	f. viel	f.wenig	wenig	f.wenig	viel	f.wenig	f.wenig	wenig		

Landwirthschaftliche Chronik nach Wafer
über
außergewöhnliche Witterung, Mißwachs und Fruchtbarkeit.

1501 Starke Hagelwetter den 30. April über die Stadt Zürich, die Hagelsteine lagen fuß-hoch Tage lang.

1502 Strenge Kälte um Pfingsten; viele Vögel starben, nachher mehrfach Hagelwetter, den 22. Juli über Zürich, die Herrschaft Greifensee und Illnau.

1503 Kalter Winter, früher, heißer Sommer und Trockenheit. Es regnete 4 Monate lang nie, gleichwohl reicher Herbst.

1504 Sehr guter Wein, genannt Schießwein zu Ehren des großen Freischießen vom 11. Aug. bis zur Kirchweih Felix und Regula. Große Fruchtbarkeit.

1506 Kalter Winter, viele Reben erfroren; im September regnete es 18 Tage lang unaufhörlich, reiche Getreideernte.

1508 Kaltes nasses Jahr mit vielen Meteoren und Erdbeben, das Korn gerieth sehr wohl.

1509, 10, 11, 12, 13 fruchtbare Jahre.

1514 Strenger Winter und Wasserschaden, reiche Getreideernte.

1515 Nasser Jahrgang, dennoch gute Ernte.

1516 Fruchtbarer, warmer Sommer.

1517 Kalter, schneereicher Winter, der Zürichsee gefror. Der Sommer außerordentlich heiß und unfruchtbar, viele Hagelwetter, bis zum 10. Juli gab es Reif.

1523 Viel und guter Wein.

1526 Frühlingsfröste schaden den Reben, gute Getreideernte.

1527 Schnee und Reif schaden der Fruchtbarkeit.

1528 Im Februar und Dezember heftige Gewitter mit Hagel. Das Fleisch war sehr theuer, da viel Vieh nach der Lombardei verkauft wurde.

1529 Ungewöhnlich warmer Winter, darauf nasser saurer Sommer; der Wein war unerhört sauer, man nannte ihn: „Behütis Gott!" Die Stadt Winterthur verlor durch die Viehseuche 170 Haupt Vieh.

1530 Sehr unfruchtbares Jahr und große Theurung nach ungewöhnlich warmem Winter.

1532 Schneereicher Winter, früher Frühling, schwere Ungewitter im Sommer; guter Wein.

1534 Große Kälte im Januar, warmer trockener Sommer, reife Trauben am 22. Juli, viel und guter Wein, aber geringe Ernte.

1536 Sehr früher Jahrgang, zu Johanni kam neue Frucht auf den Markt und am 11. Juli fand man reife Trauben.

1537 Wuthkranke Wölfe bissen viele Menschen, die ebenfalls der Wuthkrankheit anheim fielen.

1538 Auf einen warmen Winter folgten schädliche Frühlingsfröste und ein unfruchtbares Jahr.

1539 Viel, aber saurer Wein.

1540 Reiches, gesegnetes Jahr; während 29 Wochen — von Anfang März bis 19. Sept. — regnete es nur sechs Mal; Ende Mai hatte man reife Kirschen und Anfangs September begann die Weinlese; die Limmat war so wasserarm, daß man um den Wellenberg herum gehen konnte. Den Wein nannte man den Ungelarsteten (die Reben nicht gehadet).

1541 Erneutes starkes Auftreten der Pest.

1551 Der Zürichsee war gefroren.

1552 Es wuchs außergewöhnlich viel Wein; ein Chorherr erhielt 116 Eimer Zehntenwein.

1553 Der Zürichsee und die Limmat waren so groß, daß man mit Schiffen um die Fraumünsterkirche herum fahren konnte.

1554 Sehr kühler Sommer, besonders in der Ernte.

1555 Reiche Getreideernte; zur Erntezeit war es aber so kalt, daß die Schnitter auf dem Felde Feuer machten, um sich wärmen zu können; doch gab es viel und guten Wein.

1556 Reiches Obstjahr.

1558 War die Getreideausfuhr aus Elsaß und Schwaben verboten.

1561 Starker Hagelschaden.

1562 Das Brod war vor der Ernte sehr theuer, nach derselben sehr wohlfeil.

1563 Mit diesem Jahr, berichtet Waser, fangen die unglückseligen, traurigen Fehl- und Hungerjahre an, die bis Ende dieses Jahrhunderts währen. Im Sommer zahlreiche Hagelschläge; der Winter begann schon so frühe, daß die Trauben unreif gesammelt werden mußten.

1564 Reif und Schnee im Monat Mai, kalter, nasser, hagelreicher Sommer; großer Menschenverlust durch die Pest.

1565 Sehr kalter Winter, viele Frühlingsfröste; im Mai und Juni Hagelwetter und beständiger Nordwind.

1566 Sehr kalter, schneereicher Winter, aber günstige Ernte.

1567 Warmer Winter und fruchtbarer Sommer.

1568 Geringe Ernte, saurer Wein, früher Winter.

1569 Ziemlich günstige Ernte.

1570 Frühlingsfröste, unfruchtbarer Sommer, große Theurung. Die Obrigkeit übernahm einen Theil des Fruchthandels.

1571 Ein fürchterlich strenger Winter; Hagelwetter vor der Ernte zerstörten das Getreide und die Weinberge, es gab fast gar keinen Wein; es entstand eine Hungersnoth während fünf Jahren. Viele Menschen wurden von hungrigen Wölfen zerrissen.

1572 Der harte Winter verderbt die Reben, der Zürichsee gefror.

1573 Der Zürichsee war 11 Wochen lang zugefroren, sehr nasser Sommer, der Wein wurde nicht reif und es wurde kein Zehnten bezogen; im Herbst wurde kein Schenkhof eröffnet.

1574 Der See war von Neujahr bis Ostern zugefroren, der Samen ging unter dem Schnee zu Grunde. Die Obrigkeit vertheilte Korn unter die Armen.

1575 Die Ernte war ziemlich gut, die Zufuhr aber gering, die Theurung dauerte daher fort und es begann die Hungerpest. Der Wein wurde gut.

1576 Kalter Frühling und geringe Ernte.

1577 Ein kalter und nasser Jahrgang ist den Weinreben nachtheilig, vermehrte Zufuhr linderte die Noth.
1578 Das unfruchtbare Jahr nöthigte die Obrigkeit, Frucht auszutheilen.
1579 Später Reif und kalter, nasser Jahrgang schaden dem Weinstock und dem Getreide; wenig und saurer Wein. Nach den harten Frühlingsfrösten wollten viele Wirthe keinen Wein mehr ausschenken; sie wurden hart gestraft und durften keinen Preisaufschlag machen.
1580 Ein Hagelwetter im Monat Mai zerstörte auf 5 Meilen um Zürich herum allen und jeden Wachsthum, verwundete und tödtete viele Menschen und Thiere. Die Obrigkeit mußte den Getreidehandel übernehmen. In Schaffhausen gab es viel Wein.
1581 Der Getreidehandel durch die Obrigkeit dauerte fort.
1582 Die Getreideernte war sehr gering; die Pest hatte aber im Kanton die Bevölkerung um 22,250 Esser vermindert. In Schaffhausen gab es vielen und guten Wein.
1583 Ebenfalls geringe Ernte, es gab vielen und guten Wein, im Thurgau war er sauer.
1584 „Es war das traurigste, erschrecklichste Jahr", berichtet Waser: „Mißwachs, Hagelwetter, Blitzeinschläge, Erdbeben, Ueberschwemmungen, im Summa alle Strafen Gottes."
1585 Im Monat März waren die Wasser so klein, daß man auf dem großen Stein (bei der untern Brücke) eine Mahlzeit hielt und ein Mann einen andern ob dem Mühlesteg durch die Limmat trug. Der höchste Wasserstand war um Johanni. Schaffhausen erhielt viel Wein.
1586 Die Regierung übernahm den Getreidehandel, Mangel und Noth waren groß. Am Pfingsttag wurde das Almosen bei dem Mußhafen an 2346 fremde und einheimische Personen ausgetheilt.
1587 Sehr kalter Winter, der See blieb lange zugefroren, es fielen 20 Schnee aufeinander, im Frühjahr anhaltender Nordwind und Reif. In Folge der sehr geringen Ernte kaufte die Obrigkeit Getreide in Rothweil und Lindau. Um Martini war es so warm, daß die Storchen zurückkehrten, Kukuk und Schwalben häufig gesehen wurden. Darauf folgte eine verheerende Viehseuche.
1588 und 89 hatten nasse, faule Sommer mit Hagelwettern und Wolkenbrüchen, es gab wenig und sauren Wein. Die Obrigkeit mußte für Getreide sorgen.
1590 Am Pfingsttag den 4. Juni war es so kalt, daß man die Stuben heizen mußte; dennoch wuchs viel und guter Wein.
1591 Die Witterung war im Frühjahr günstig, hernach aber naß, unfruchtbar und von schweren Hochgewittern und Hagelschlägen begleitet; es gab Steine, so groß wie zwei Fäuste.
1592 Die Obrigkeit war noch fortwährend genöthigt, den Getreidehandel zu besorgen.
1593 besserte sich die Zufuhr, da die Ernte im Elsaß und in Schwaben günstig war.
1594 Den 11. Mai fiel sehr hoher Schnee, der den Reben großen Schaden zufügte; es gab wenig und schlechten Wein; die Hungerpest forderte immer noch viele Opfer. Ein wüthender Wolf zerriß viele Kinder und wurde bei Hirslanden getödtet.
1595 Mißwachs und Theurung hatten ihr Ende noch nicht erreicht.
1596 Ungewöhnlich gelinder Winter, darauf folgten Menschen- und Viehseuchen.
1597 Früh einbrechender Winter ließ die Trauben nicht ausreifen, wenig und schlechter Wein.
1598 Im Februar lagen 30 Schnee aufeinander; nasser, kalter Jahrgang; Wein gab es wenig, aber ziemlich guten.

1599	Sehr trockener März und frühes, gesegnetes Jahr; es gab viel und köstlichen Wein; im August hatte man schon neuen Wein. Am 17. Mai erhielten die Bogenschützen einen Strauß von reifen Erdbeeren und Kirschen, reifen Roggen- und Gerstenähren.
1600	Der Zürichsee war 10 Wochen lang bis in die Stadt hinein hart zugefroren, Reben und Getreidefelder erlitten großen Schaden.
1601	Streng anhaltende Kälte, Hagel, Viehseuchen, elender Herbst. Den 7. September Nachts 1—2 Uhr heftiges Erdbeben über ganz Europa.
1602	Nach einem sehr warmen März waren im April die Reben schon stark entwickelt und zeigten einen großen Traubenschuß. Den 21. April zerstörte ein starker Frost den Wachsthum weit und breit vollständig. Nur am obern Zürichsee blieben die Reben vom Frost verschont. Der zweite Traubenschuß ersetzte einigermaßen den Schaden; im Kanton Schaffhausen gab es aber gar keinen Wein, im Thurgau nur wenig.
1603	Getreide und Wein geriethen in dem trockenen Sommer sehr gut; die Weinlese begann schon in der ersten Woche des September.
1604	Viel Getreide und guter Wein, aber schädliche Viehseuchen. Es wuchs dem Vieh auf der Zunge ein Geschwür; durch Aufschneiden desselben wurd das Vieh gerettet.
1605	Ungewöhnlich hoher Schnee, bis über die Hausthüren.
1606	Den 10. Jänner erhob sich ein fast nie erlebter Sturm.
1608	Wegen des langen, harten und schneereichen Winters wurde es das große Winterjahr genannt. Es erfroren viele Menschen. Der große Traubenschuß wurde durch anhaltendes Regenwetter zur Blüthezeit fast ganz vernichtet, so daß es wenig und schlechten Wein gab.
1609	Nasses, unfruchtbares Jahr mit schlechtem Wein. Den 11. Mai wurde der Wolfbach durch einen Wolkenbruch reißend und brachte großen Schaden in und außer der Stadt.
1610	Raupen fraßen die Blüthen und Blätter der Bäume. Wein und Korn geriethen wohl.
1611	Herrschte die Pest, der große Tod genannt.
1613	Den ganzen Winter fiel kein Schnee; Viehseuchen. Viel, aber saurer Wein.
1614	Sehr kalter Winter.
1616	Sehr früher Jahrgang, heißer Sommer; viel und sehr guter Wein. Viel Rindvieh und Pferde wurden von der Seuche dahingerafft.
1617	Starker Schaden durch ein Hagelwetter in Kilchberg und Küsnacht.
1621, 22, 23 und 24	große Theurung, ein Pfund Fleisch kostete 2 Batzen (50 Centimes).
1628	Sehr warmer Winter, diesem folgte ein nasser, unnatürlicher Sommer mit Pest und Hungersnoth. Der Wein wurde nicht reif.
1629	Ein Sturm warf im Februar viele Häuser um, auch den Thurm der Predigerkirche.
1631	Ausgezeichnet viel und guter Wein. Aus Mangel an Fässern wurde viel geringer Wein ausgeschüttet.
1636	Große Theure und Hungersnoth. Getreide und Wein geriethen aber in diesem Jahr wohl.
1637	Gab es viel und guten Wein, 1638 und 39 wenig, aber ebenfalls guten Wein.
1645	und 46 hatten die reichsten Ernten seit hundert Jahren. Ein Sturm richtete 1645 großen Schaden an. In Schaffhausen wurde den Landleuten bei hoher Strafe

verboten, ihre Landeserzeugnisse anderswohin als in die Stadt zu verlaufen. Alle seit 30 Jahren ohne Bewilligung angelegten Weinberge mußten bei Strafe und Ungnade ausgereutet und wieder angesäet werden. Den 21. September wurde dem Jakob Guggenbühl und der Regula Wunderlin in Meilen ihr 24. Kind getauft.

1650 Den 11. Sept., den 16., 20. und 25. Oktober wurden zu Stadt und Land heftige Erdbeben verspürt.

1652 Den 20. Juni entzündete der Blitz in dem Geißthurm 247 Zentner Pulver. Nicht nur die nächste Umgebung, sondern fast alle Häuser der Stadt wurden schwer geschädiget.

1655 Ein heftiges Hagelwetter mit Orkan verursachte über Thalweil, Rüschlikon, Küsnacht und Erlenbach großen Schaden und warf allein in Küsnacht 650 Bäume um.

1660 War eine solche grimmige Kälte, daß der Züricheee 3½ Monate bis zum Monat März gefroren blieb; darauf folgte ein heißer Sommer und gab es guten Wein.

1667 Den 7. Juni fiel ein hoher Schnee, der den Reben und Bäumen großen Schaden verursachte.

1669 Heißer, dürrer Sommer, großer Wassermangel.

1670 Große Winterkälte, viel und guter Wein.

1674 Den 6. Dezember starkes Erdbeben.

1675 Sommer und Herbst waren kalt, die Trauben mußten um Simon Judä aus dem Schnee herausgelesen werden. Den Wein (Schneewein) wollte Niemand kaufen noch trinken. Das Traubenträst wurde gewärmt, um dasselbe in Gährung zu bringen.

1676 Die rothe Ruhr erlangte große Verbreitung.

1677 Den 6. Juni starb in Meilen Marx Knüsli, 106 Jahr alt. Den 12. Juni große Ueberschwemmung in Folge Platzregen; die Sihl war mannshoch über die Ufer getreten. Ungewöhnlicher Traubenschuß, man zählte an einer einzigen Stickelrebe 160 Trauben.

1680 Den 24. Juli heftiger Orkan, im Dezember stand ein auffallend großer Komet am Himmel.

1682 Im Juni herrschte die Maulseuche unter dem Vieh allgemein. Sachkundige Männer wurden erwählet, welche das erkrankte Vieh hüten und pflegen mußten. Den 8. Dez. wurde in Zürich der größte Getreidemarkt gehalten.

1683 Im September schwoll der Bach in Küsnacht so an, daß er Steine von 70 und 80 Zentner Gewicht mit sich führte und großen Schaden an Wuhren und Gütern verursachte.

1684 Wurde die Getreideausfuhr aus Elsaß und Schwaben verboten. In der strengen Winterkälte erfroren die Reben am Züricheee fast gänzlich. Den 13. Febr. schwoll der Wolfbach so an, daß man ihn nach dem See ableiten mußte.

1685 Es starb der Schneidermeister J. G. Oswald, welchem 3 Frauen 22 Söhne und 10 Töchter geboren hatten. Den 26. Mai fiel in Richtersweil und Wädensweil so tiefer Schnee, daß man das Vieh in die Wälder trieb, weil man weder dürres noch Grünfutter mehr besaß.

1686 Den 12. Juli, Abends 9 Uhr verheerendes Hagelwetter von Küsnacht bis Weiningen und Kloten.

1688 Mehr als 60 Dörfer des Kantons wurden durch Hagelschlag schwer geschädigt, den 3. Juni in Meilen, den 5. Juli fast der dritte Theil des Zürichgebietes. An einigen Orten konnte man nicht eine Hand voll ernten.

1692 Große Theurung wegen gesperrter Zufuhr aus dem Reich. Obst und Gartengewächse mißriethen gänzlich, den 24. Juni wurde in Zürich kein Kornmarkt abgehalten. Darauf wurde folgender Reim im Kornhaus angeschrieben:

> An obgeschriebenem Tag fürwahr
> War kein Kornmarkt allbar.
> In allen Kasten und Standen
> War kein Immi Kernen vorhanden.
> Gott gebe beßre Zeiten und Segen,
> Darnach uns allen das ewige Leben.

1695 Der Zürichsee fror bis Zürich zu, ebenso die Limmat unterhalb Baden; im Sommer folgte langwieriges Regenwetter.

1702 und 1703 Sehr gelinde Winter.

1704 Heißer Juli und trockener August, Korn, Wein und Obst im Ueberfluß.

1705 Im Juni fiel noch Schnee; Wolkenbruch über Schlieren bis Weiningen und gleichzeitig ein solcher am Irchel; Anfangs November erreichte die Limmat eine ungewöhnliche Höhe. Den 22. Juni verheerte ein Hagelwetter Herrliberg.

1706 Die drei Sommermonate herrschte eine solche Hitze und Dürre, daß aller Wachsthum aufhörte; es gab viel und guten Wein.

1707 Außerordentlich viel, aber geringer Wein, auch sonst ein fruchtbares Jahr an Obst und Getreide.

1708 Das Laub blieb bis gegen Weihnacht an den Bäumen, man sah es als Vorbote eines strengen Winters an.

1709 Das Jahr begann mit so außerordentlicher Kälte, daß der See am 21. Januar bis Zürich zugefroren und erst am 29. März wieder offen war. Die Reben erfroren fast allenthalben. Nach 7 warmen Wochen fiel am 18. Mai wieder Schnee und wurde es so kalt, daß das Wasser in den Häusern gefror, wodurch der Weinertrag für dieses Jahr weit und breit gänzlich vernichtet wurde.

1711 Im Februar ereigneten sich zwei Mal starke Ueberschwemmungen in Folge Schmelzung hoher Schneemassen bei starkem Regen und brachten großen Schaden allen Flußthälern des Kantons. Der Zürichsee stieg innert zehn Tagen um 3 Fuß.

1712 Am 12. Mai fiel hoher Schnee, welcher dem Getreide und den Reben Schaden zufügte. Sehr wenig Getreide, jedoch viel, aber saurer Wein.

1713 In Folge Mißwachs und hoher Getreidepreise verkaufte die Obrigkeit Frucht zu ermäßigtem Preis.

1714 und 1715 Sehr gelinde Winter.

1715 Den 18. Juni verheerte ein Hagelwetter die Gegend zwischen Stadel bis Seuzach und Wangen bis Elgg, den 19. Juli ein solches die Umgegend von Zürich und am 4. August ein solches von Weiach bis Winterthur und ein anderes ging über Wädensweil. Für die Hagelbeschädigten wurde eine Liebessteuer gesammelt.

1716 Der See fror im Februar bis Zürich zu; es schneite den Winter über 78 Mal; im Mai gab es schädlichen Reif.

1717 Der See fror bis Meilen zu und wurde erst im April wieder offen.
1718 Der Zürichsee fror bis nach Zürich zu; der Sommer war sehr heiß, so daß die Weinlese schon den 11. September begann. Es gab viel und guten Wein; sehr reiches Obstjahr.
1719 Sehr heißer, trockener Sommer; es gab außerordentlich viel und guten Wein, manche Juchart ertrug 60 bis 70 Eimer. Die rothe Ruhr war stark verbreitet.
1720 Milder Winter; Hochwasser im Sommer, die Limmat stieg so hoch, daß sie den Münsterhof unter Wasser setzte. Mehrfache Hochgewitter und Hagelschläge verursachten der Gegend zwischen Zug bis zum rechten Seeufer großen Schaden.
1721 Starker Hagelschaden zwischen Mettmenstetten bis Küsnacht, Erlenbach und Maur.
1722 Gewitter den 16., 24. und 28. März schadeten bei Zürich; am 30. April in Weiningen, Rorbas und Eglisau.
1723 Nasser Juni und Juli, Getreide, Wein und Obst geriethen reichlich; dagegen in Schaffhausen war die Weinernte gering.
1724 Im Februar blühende Kirschbäume; ein Hochgewitter schädigte Glattfelden, Eglisau und Flaach.
1725 Am 9. Mai schädlicher Frost, den 14. Juli verheerendes Ungewitter zwischen Rüti und Fischenthal, den 18. Juli zwischen Höngg, Dietikon und Niederhasle, den 19. zwischen Kappel bis Horgen, im September von Meilen bis Stäfa; auf ein Gewitter den 18. Dez. folgte eine heftige Kälte.
1726 Sehr kalter Jahresanfang.
1729 Sehr langer, harter Winter von Ende Oktober bis Ende März. Ende Mai war wieder eine winterliche Kälte. Gleichwohl folgte ein sehr reiches Jahr mit vielem und gutem Wein. Eine Juchart ergab 60 und mehr Eimer.
1731 Am 30. Juni ereignete sich das furchtbarste Gewitter, das je erlebt wurde; man zählte 59 Blitzeinschläge. Am nächsten Sonntag wurde in allen Kirchen zur Buße und Besserung gemahnt.
1736 Schädliche Fröste im Monat Mai.
1739 bis 1740. Die Kälte dauerte von Anfang November mit geringer Unterbrechung bis Ende April. Vor Ende des Jahres war der See ganz zugefroren, man fuhr mit Pferden und Lasten über das Eis des Sees; die Limmat war so wasserarm, daß der breite Stein bei der untern Brücke trocken lag. Die meisten Reben erfroren.
1750 Im Sommer ereigneten sich ungewöhnlich viele und verheerende Gewitter und schädigten Zollikon, Küsnacht, Steinmaur, Elsau, Schlatt, Zell, Marthalen, Horgen, und das Amt Knonau.
1751 Im Monat Juli war der Wasserstand der Limmat so groß, daß das Limmatthal theilweise unter Wasser stand; große Wassernoth hatte auch Wetzikon, Hinweil, Dürnten und die Anwohner des Pfäffiker- und Greifensees; Winterthur, Seuzach, Hettlingen.
1753 Am 20. Februar brach ein heftiges Gewitter mit Sturm und Blitz über Winterthur aus; der Sommer war ungewöhnlich günstig und fruchtbar; der Wein war der beste dieses Jahrhunderts.
1754 Am 18. Mai entleerte sich ein Wolkenbruch über Ottikon-Illnau, der Eichbach schwoll an einer Stelle 16 Fuß hoch an.

1755 Am 1. Februar fror der Zürichsee ganz zu; als im März der viele Schnee rasch schmolz, verursachten die Thur und die Töß großen Schaden. Im August schädigten Hagelwetter die Gegenden von Bonstetten bis Winterthur. Das Erdbeben am 1. Nov., welches Lissabon so schwer heimsuchte, wurde auch im Kanton auf schreckhafte Weise verspürt: Der Zürichsee erhob sich 6—12 Fuß über seinen gewöhnlichen Wasserstand. Ihm folgte ein anderes den 9. Dezember, das noch mehr Schrecken verursachte.

1756 Den 18. Februar war ein Buß- und Bettag angeordnet worden wegen der im Nov. und Dezember stattgehabten Erdbeben. Am gleichen Tag ereignete sich ein fast nie erlebter Sturmwind.

1758 Den 14. Februar fand ein furchtbarer Eisbruch der mit dickem Grundeis bedeckten Sihl statt; das Eis lagerte haushoch zu beiden Seiten, staute die Limmat und bedeckte das Sihlfeld auf große Entfernung.

1760 Den 1. August verheerende Hagelwetter über Steinmaur und das Flaachthal.

1761 Viel, aber saurer Wein, ziemlich gefährlicher Eisgang der Sihl. Der Hagel schadete in Küsnacht, Herrliberg, Affoltern bei Höngg.

1762 Sehr milder Winter, kalter März, aber sehr günstiger April. Ende des Monats hatten die Kirschbäume verblüht und der Roggen stand in Aehren. Große Hochwasser im Juli, besonders der Sihl und der Limmat, welche angrenzend Alles unter Wasser setzten. Den 22. Mai traf ein heftiges Hagelwetter Dietlikon und Umgegend. Sehr guter Wein.

1763 Den 19. Januar war der See ganz zugefroren und war erst Ende Februar wieder offen. Den 21. August Wolkenbruch über Zürich bis nach Küsnacht und in's Grüninger Amt, der Blitz entzündete den Großmünsterthurm.

1764 Milder Winter, am 28. Januar heftiges Gewitter mit Blitz und Donner; der Sommer sehr ungünstig, im Juni schneite es in den Bergen. Vielfache Ueberschwemmungen der Limmat, Glatt, Reuß; der Hagel schadete den 18. Mai in Wädensweil, den 28. Juni von Niederweningen bis zum Rafzerfeld, Egg bis Grüningen.

1765 Ueberschwemmung des Dorfes Zell durch den Torfbach den 18. Juni. Hagelschaden hatten Seebuch bis Affoltern den 5. Juni, Bauma und Sternenberg den 9. Juli, das Regensdorfer- und Wehnthal den 4. August.

1768 In der Neujahrsnacht fiel ein beispiellos hoher Schnee; die Eulach verursachte große Ueberschwemmung; den 9. Juni entleerte sich ein verheerendes Hagelwetter über das Wehnthal; Reben und Felder wurden auf Jahre hinaus geschädigt. Die Schätzung des Schadens belief sich über 82000 fl.

1770 Schneereicher Winter, naßkalter Sommer, sehr geringer Getreide- und Weinertrag. Am 13. Juli fiel ein hoher Schnee bis tief in die Thäler. Die Schwaben sperrten die Ausfuhr des Getreides. Die Obrigkeit vertheilte Korn zu ermäßigtem Preis.

1771 Nasser, unfruchtbarer Sommer, die Theurung nahm zu, die Fruchtsperre wurde erneuert; die Obrigkeit verkaufte Korn zu mäßigem Preis. Das Anpflanzen der Kartoffeln wurde gerathen und begünstigt, wodurch diese Kulturpflanze allgemeiner wurde.

1772 Im April war aller Wachsthum weit vorgerückt; aber am 21. April fiel ein hoher Schnee mit darauf folgendem Frost, wodurch großer Schaden entstand; dennoch gab es viel Wein.

1773 Außerordentlich schneereicher und kalter Februar.
1774 Heißer, schöner Sommer, Hochgewitterschaden den 9. April im Bezirk Regensberg bis Eglisau, den 12. Mai über Stammheim. Viel und guter Wein.
1775 Den 30. April fiel hoher Schnee bei schädlichem Frost. Hagelwetter betrafen den 25. April die Umgegend von Andelfingen; den 17. Juni die Umgegend der Stadt Zürich; den 20. Juni Glattfelden, Eglisau, Rafz und Rorbas; den 6. Juli Regensberg; am 28. Juli das Wehnthal, Bachs, Otelfingen.
1776 Vom 28. Januar bis 2. Februar herrschte eine so grimmige Kälte, daß der See bis Zürich zufror; schon am 3. Februar brach die Witterung und öffnete den See gänzlich. Den 6. und 7. Februar trat bei Eglisau ein gefährlicher Eisgang ein. Der Hagel schadete den 4. August in Wädensweil, Horgen und Männedorf; den 23. August in Meilen, Stäfa, Schirmensee.
1778 Furchtbare Ueberschwemmung des Dorfes Küsnacht den 8. Juli. Nach einigen schwülen Tagen lagerte den 7. Juli ein dichter Nebel auf dem Zürichsee, weniger dicht war der Nebel den 8. Juli, der allmählig in die Höhe ging und den Bergen entlang schwarz, den Himmel verfinsternd, sich aufthürmte. Gegen Abend trieb der Nordwind dichte weiße Wolken vor sich her, denen ein starker Südwind Widerstand leistete. Um 7 Uhr konzentrirte sich das Gewitter von drei Seiten her über Küsnacht. Das schrecklichste Unwetter entlud sich dann erst gegen 9 Uhr. Schauerlich wälzten sich die Wassermassen bergabwärts, 49 Gebäude mit sich reißend, andere beschädigend und 63 Personen in den Wellen begrabend.
1779 Sehr milder Winter; in den Gärten hatte man im Februar schon frisches Gemüse; die Zugvögel trafen anfangs März in großen Schwärmen ein. Ende dieses Monates die Schwalben; am 17. April waren die Birnbäume in voller Blüthe und die Reben stark vorgeschritten. Georg und Marx behaupteten aber ihren alten Ruf; eine einzige Nacht vom 25. auf den 26. April vernichtete viele Hoffnungen namentlich im Weinland und Schaffhausen.
1780 Fleck in den Reben.
1781 Gewitterreicher Sommer, den 20. August entleerte sich ein Wolkenbruch über Bassersdorf und die Umgegend bis Embrach; im November schwollen alle Gewässer sehr an, besonders am 15. und 17. d. M., Horgen wurde im Nachsommer vom Hagel geschädigt, auch herrschte der Fleck in den Reben.
1783 Den 9. Juli verheerende Ueberschwemmungen in Embrach, Rorbas, Türnten, Hinweil, den 28. Juli nochmals in Embrach; Hagelwetter trafen im Mai Wangen, den 21. Juli die Gegend von Kloten, Bülach und Eglisau bis Winterthur und Elsau, den 28. Juli und 4. August den Bezirk Uster. Ende März und Anfang April fielen große Felsstücke und Erdschlipfe vom Uetliberg gegen Sellenbüren.
1784 Der Winter dauerte von Ende Oktober bis Anfangs Mai. Ende Dezember 1783 lagen 20 Schnee, im März 34 Schnee aufeinander. Man hatte große Mühe, die Wege offen zu halten. Nach Mitte März fror der See bis Zürich zu; am Ostertag den 27. März war noch vorzügliche Schlittbahn. Der Schnee schmolz erst gegen Ende April. Es trat daher großer Futtermangel ein. Der Sommer war günstig, der Hagel schadete nur in Elsau, Schottikon, Buchs. Es gab viel und guten Wein.

1787 Viele Reben waren erfroren, die Trauben wurden wieder von der Fleckkrankheit befallen. Im Oktober und Dezember heftige Gewitter, denen beide Male starker Schneefall folgte, welcher den Wäldern großen Schaden zufügte.

1788 Der Winter begann mit großer Kälte, am Sylvester war die Kälte auf 16 Grad gestiegen und der See bis in die Stadt hinein gefroren.

1789 Der harte Winter dauerte bis in den April; die Reben waren größtentheils erfroren und da noch in die Traubenblüthe schlechtes Wetter einfiel, gab es wenig und geringen Wein.

1790 In Horgen hagelte es im Mai zwei Mal, am 11. Juni in Höngg, Weiningen, Affoltern, Rümlang bis Lufingen.

1793 Am 2. Juni schadete der Reif in einem großen Theil des Kantons, den 12. Mai Schnee.

1794 Hagel in Horgen.

1795 Nasses und schlechtes Wetter zur Zeit der Traubenblüthe. 7 Wochen lang regnete es jeden Tag, doch gab es ziemlich viel und guten Wein.

1796 Nasse Blüthezeit der Trauben, der Hagel schadete den 15. Mai in Stäfa und Hombrechtikon.

1797 Ungünstige Blüthe schadete dem Weinertrag in Horgen, und Hagel Ende August in Stäfa.

1798 Horgen hatte zwei starke Hagelwetter.

1799 Den 12. Februar fror der See bis Zürich zu und man fuhr mit schwer beladenen Schlitten über den See; am 23. Februar folgte auf sehr heftige Kälte plötzlich Thauwetter und verursachte einen gefährlichen Eisgang der Sihl. Am letzten Tage des Jahres und des Jahrhunderts entleerte sich ein Hagelwetter über Horgen.

1800 Sehr kalter Winter; viele Reben waren im Frühjahr erfroren, günstiger April. In dem heißen und trockenen Sommer blieben die Traubenbeeren sehr klein; es gab wenig, aber sehr guten Wein.

1801 Von dem Sommer wird eine besonders reiche Heuernte gerühmt, der Traubenschuß war gering. Schwere Gewitter mit Hagel gab es den 23. Mai in Torliton und Wetzikon, den 13. Juni in Horgen und Meilen, den 23. Juli in Stadel, Glattfelden, Uster, den 30. in Wädensweil, Richterweil und Stäfa, den 1. August entleerte sich nochmals ein Wolkenbruch über Stäfa.

1802 Um das Neujahr lag hoher Schnee, dann trat große Kälte ein und der See war mehrere Mal bis nach Zürich mit Eis bedeckt. Den 23. Februar trat der Eisgang der Sihl so plötzlich und gewaltig ein, daß sich derselbe bei der Sihlbrücke in Wiediton steckte und den Schützenplatz mit großen Eisblöcken bedeckte. Den 16. Mai fiel ein 1/2 Fuß tiefer Schnee, der viele Bäume zerriß; der Frost schadete besonders in Seuzach und Umgegend. Der Traubenschuß war aber so ungewöhnlich groß und die Blüthe so günstig, daß man viel und guten Wein erhielt, bis 60 Eimer per Juchart = 72 Hektoliter.

1803 Auch dieses Jahr trat um den 16. Mai Frost mit Schneefall ein; die reiche Ernte konnte bei günstiger Witterung gesammelt werden.

1804 Bei mäßigem Traubenschuß, aber sehr günstiger Blüthe, war der Weinertrag bedeutend und die Qualität sehr gut.

1805 Später und nasser Sommer, die Traubenblüthe sehr ungünstig; den 7. und 8. Ott. waren erst wenige Trauben reif und erfroren bei Schnee und Reif. Nochmalige Kälte den 14. und 15. Oktober. In späten Lagen war der ganze Weinertrag verloren und selbst in den besten Lagen wurde der Wein schlecht.

1806 Sehr milder Winter; im Juni dagegen gab es noch Reif, der Juli war naß und stürmisch und der Ernte nicht günstig. Der Traubenschuß war klein, aber die Blüthezeit ziemlich günstig. Hagelschaden den 20. August in Stäfa.

1807 Juli und August waren sehr heiß und trocken, viele Trauben und gute Blüthenzeit, überhaupt ein reicher Herbst. Im Oktober war in Folge starker Regengüsse der See und die Limmat sehr groß.

1808 Dieses Jahr zeichnete sich durch sehr reichen Futter- und Obstertrag aus. Der Herbst war naß und kalt, den 19. Oktober fiel viel Schnee; der Brenner und der Hagel schadeten in Horgen. Qualität und Ertrag des Weines waren gering.

1809 Der geringe Traubenschuß und der ungünstige Sommer und Herbst ergaben wenig und sauren Wein; den 15. Oktober trat empfindliche Kälte ein, wobei viele Trauben erfroren.

1810 Im Januar fror der See bis Küsnacht, im Februar bis zur Stadt zu, wodurch die Reben ganz oder theilweise erfroren und der Rest zeigte im Frühjahr geringe Triebkraft. Die höhern Lagen blieben vom Frost mehr verschont.

1811 Das berühmte Weinjahr dieses Jahrhunderts! Schon das Frühjahr war um mehr als einen Monat vorgerückt; Mitte März blühten die Kirschbäume, Anfangs April hatte man bereits hohes Gras, Mitte Mai 1½ Fuß hohen Weizen. Das schöne, warme Wetter dauerte ohne Unterbrechung von Anfang März bis weit in den November. Der Hagel schadete im ganzen Limmatthal, Regensdorf und Seujach. Die Weinlese fand Ende September und Anfangs Oktober statt. Weil in diesem Sommer ein auffallender Komet am Himmel stand, nannte man den Wein Kometenwein.

1812 Der See fror im Januar bis Meilen zu, dann folgten im April sehr verderbliche Fröste, an vielen Orten erfroren die Trauben schon im September. Die Reben an den beiden Seeufern hatten eine ungünstige Blüthezeit — besser war diese im Weinland. Fleck und schwarzer Brenner erlangten große Verbreitung. In Horgen gab es sehr wenig, in Stäfa etwas mehr, in Weltheim aber noch ziemlich viel, allerorts jedoch geringen Wein.

1813 Der Sommer war naß, besonders der Juli, so daß die Traubenblüthe 7 bis 8 Wochen dauerte, auch der Herbst war sehr ungünstig, so daß man in Horgen oft aus einer Juchart nur ½ Eimer (60 Liter) Wein erhielt. Zudem war der Wein sauer.

1814 Den 20. Januar fror der See bis Meilen zu; das Wasser war so klein, daß ein Reiter durch die Limmat vom Kornhaus bis zur untern Brücke ritt und der Stein unter derselben wieder trocken lag. Die Kälte dauerte bis Ende März. Dann folgten Frühlingsfröste und am 11. und 12. Oktober erfroren die Trauben, die großentheils noch nicht reif waren. An vielen Orten im Weinland ist keine Trotte benutzt worden. Das Obst gerieth aber ziemlich gut.

1815 Der Sommer war wieder naß und unfruchtbar, die Traubenblüthe durch die nasse Witterung verschleppt. Die Qualität war ziemlich gut, der Ertrag durchschnittlich sehr gering; an einigen Orten, wie Veltheim, wurde keine Trotte benutzt.

1816 Der See fror im Februar fast ganz zu, ging aber bald wieder auf. Um Mitte April begann regnerische, kalte Witterung, die den ganzen Sommer andauerte. Das Schmelzen der großen Schneemassen mit fortwährendem Regen bewirkte allenthalben das Austreten der Flüsse und Bäche; schon Ende August gab es starken Reif. Die Trauben hatten im August noch nicht verblüht und erfroren den 22. Oktober. Die reif gewordenen Trauben mußten um Martini aus dem Schnee herausgelesen werden. Qualität und Quantität waren gleich gering. Die Getreide-, Kartoffel und Heuernte waren ebenso gering, so daß die Lebensmittelpreise eine enorme Höhe erreichten; $1/8$ Hektoliter Kartoffeln kostete 7 Fr.

1817 Die Theurung hatte im Frühling den höchsten Grad erreicht und stieg rasch bis zum 6. Juni, von da an sanken die Preise allmälig und hatten vom August an wieder einen ziemlich normalen Stand. Die Preissteigerung erklärt sich aus dem ungemein späten Eintreten des Frühjahres. Im Juni waren die Reben noch sehr zurück, darauf folgte aber ein schöner und flüssiger Sommer, doch traten mehrfach hohe Wasserstände und Ueberschwemmungen am See und der Sihl auf. Regierungen, Gesellschaften und Private thaten ihr Möglichstes, die Noth zu lindern; gleichwohl herrschte allenthalben, namentlich in den Gebirgsgegenden, großes Elend.

1818 Getreideernte und Weinlese waren so reich und ergiebig, daß im Herbste dieses Jahres eigentliche Wohlfeilheit eintrat.

1819 Der Sommer und die Fruchtbarkeit waren überaus günstig; viele Gemeinden des Bezirkes Affoltern, sämmtliche Gemeinden am Zürichsee, dann Winterthur, Hinweil, Wetzikon, Pfäffikon, Russikon, Dübendorf, Wangen, Maur wurden von Hagelwettern heimgesucht, hart wurden besonders die untern Gemeinden am Zürichsee den 8. Juli betroffen. Im Dezember schwollen alle Gewässer, namentlich die Thur, die Glatt und der Zürichsee sehr an und traten über die Ufer. Ein Erdschlipf am Uetliberg gegen Sellenbüren riß ein Haus mit sich und überdeckte 20 Jucharten Land.

1820 Das Frühjahr war nicht günstig; erst Ende Juni trat bessere Witterung ein, aber die Traubenblüthe wurde sehr verzögert; der Weinertrag war daher in Quantität gering, in Qualität mittel. Hagelschaden wird für Weiach, Glattfelden, Eglisau und Horgen verzeichnet.

1821 Der Mai war sehr naß; den 27. gab es noch fußtiefen Schnee, am 28 richtete der Reif an den Ufern der Glatt, Thur, Töß und des Rheines großen Schaden an, während die Föhnluft am Zürichsee vor Nachtheil schützte. Gleichwohl gab es auch da sehr wenig und sauren Wein, während anderorts, so in Veltheim, die Trotte nicht benutzt werden konnte. Es sollen 2800 Jucharten Reben ganz erfroren sein. Obst gab es dagegen ungewöhnlich viel.

1822 Schon den 17. Mai fand man blühende Trauben, denn 20. Mai begann die Heu-ernte, den 24. Juni die Getreideernte und den 6. September die Weinlese. Heu, Getreide nnd Obst geriethen wohl, nur der Wein entsprach der eingetretenen Fäulniß der Trauben wegen nicht den gehegten Erwartungen. Der Hagel schadete fast in allen Theilen des Kantons.

1823 Die Witterung des Sommers war nicht günstig; der Heu-, Getreide- und Obstertrag war reichlich, ebenso des Weines, nur war die Qualität gering· bis sauer.

1824 Der ganze Sommer vom Frühjahr bis zum Spätherbst war sehr gewitterreich mit Hochwasser und Hagelschlägen. Alle Bäche und Flüsse schwollen an mit mehr oder minderm Schaden. Korn-, Heu- und Obsternte waren günstig. Wein wuchs mittel bis viel, war aber in Qualität gering.

1825 In den Tagen vom 15. bis 18. Mai gab es fast jeden Morgen Reif, welcher dem Weinertrag sehr nachtheilig wurde. In Veltheim, wo der Reif minder schadete, war die Weinlese reichlich, am Zürichsee war der Ertrag gering; in Qualität war der Wein sehr gut und haltbar. Der Wein vom Jahr 1825 wurde daher eine sehr beliebte Weinsorte. Hagelschaden wird nur für Eglisau und Glattfelden angeführt. Im Oktober schwollen die Glatt, Töß und Eulach sehr an.

1826 Ende April war aller Wachsthum stark vorgeschritten; nach mehrtägigem Regen fiel am 29. viel Schnee, der besonders den Rebbergen am Zürichsee empfindlichen Schaden verursachte. Unschädlich waren diese kalten Tage für die nördliche Gegend des Kantons, wo der Weinertrag bedeutend war. Im Frühjahr zeigte sich die Frostmotte an den Obstbäumen in solcher Menge, daß die Blüthen vor der Entwicklung zerfressen waren und man wenig Obst erhielt. Die Qualität des Weines war sehr verschieden, je nach dem Ertrag; wo derselbe groß war, faulten die Trauben zu frühzeitig.

1827 Winter, Frühjahr, Sommer und Herbst hatten einen so regelmäßigen Fortgang, daß man diesen Jahrgang zu den normalen zählen kann. Der Ertrag an Heu, Getreide und Wein ist nach jeder Richtung über Mittel zu setzen, nur Obst gab es wenig, da auch dieses Jahr die Frostmotten die Blüthen wegfraßen.

1828 Das Jahr gehört, mit Ausnahme des Obstes, welches auch dieses Jahr arg durch die Frostmotten geschädigt wurde, zu den fruchtbaren. Gegenden ohne Hochgewitter hatten eine reiche Weinernte. Hochgewitterschaden hatten den 30. Mai Stäfa, Grüningen und Goßau, den 17. Juni Mettmenstetten und Affoltern, den 6. Juli Aeugst, Rifferswil und Hausen, den 13. Juli Richtersweil, den 20. Juli Meilen.

1829 Der Zürichsee fror im Februar bei sehr großer Kälte bis Meilen zu. Vom Frühjahr bis zum Oktober war die Witterung vorherrschend naß und kühl, besonders der Juni; den 6. Juni lag Schnee auf den Anhöhen und im Rafzerfeld, den 20. gab es Reif. Das Futter konnte nur schwer gedörrt und eingeheimst werden. Die Weinernte fiel nach jeder Hinsicht sehr gering aus. Der Dezember war schneereich und kalt, den 28. war der See bis Meilen zugefroren.

1830 Der Januar war außerordentlich kalt; den 18. Januar fror der See bis Zürich zu; bei Tage hatte man kalten Sonnenschein, vom Abend bis am Morgen sank das Thermometer auf 10 bis 13 und selbst 18° und 25° R. unter Null. Die Vorräthe an Kartoffeln und Obst gefroren in den Kellern und viele Lebensmittel gingen zu Grunde. Das vorräthige Brennmaterial war frühe schon aufgebraucht und Ersatz schwer zu beschaffen. Anfangs Februar war selbst der Bodensee gefroren, was seit 1695 nie mehr der Fall war. Die Eisfläche bot besonders an Sonntagen einen belebten Anblick. Es wurden Schlittenparthien auf dem Eis gemacht und Tausende begaben sich zu Fuß oder auf Schlittschuhen von einem Ufer zum andern. Erst Ende

März wurde der See in einer Nacht von der Eisdecke vollständig befreit. Durch die harte und andauernde Kälte litten die Fruchtfelder und Weinberge großen Schaden, so daß ein völliges Fehljahr folgte.

1831 Die Nachwehen des kalten Winters erstreckten sich für die Rebberge auch auf dieses Jahr. Im Allgemeinen ungünstige Witterung im Sommer, Hagelschaden und Hochwasser vermehrten den Mißwachs. An Ueberschwemmungen litten: den 2. Mai Langnau, den 22. alle Gemeinden am obern Zürichsee, den 1. Juni Affoltern bei Höngg und Dietikon; den 23. Juni schadete der Hagel in den Gemeinden am Irchel, den 26. Juli in Zürich und Umgebung, im ganzen Reppischthal und in Embrach. Den 29. Juli entleerte sich ein Wolkenbruch, theilweise mit Schloßen, von Mettmenstetten an über Langnau, Thalweil, Horgen, das rechte Ufer von Erlenbach bis Stäfa über Hombrechtikon und den südöstlichen Theil des Bezirkes Hinweil.

1832 Auch in diesem Jahr hatten die Reben ihre normale Fruchtbarkeit nicht erlangt. Ungünstige Witterung bis Ende Juni ließ ernstlich eine vermehrte Theurung befürchten; die Traubenblüthe und die Ernte wurden aber im Juli durch die Witterung außerordentlich begünstigt, so daß der Preis des Kilogrammes Brod von 62 Cts. vor der Ernte im September auf 36 Cts. fiel. Der Wein ersetzte an Güte und an Werth, was an der Menge abging; die Aepfel waren sehr wohl gerathen, einzig war mit Grund Futtermangel zu befürchten und mußte der Viehstand vermindert werden.

1833 Das Frühjahr ließ sich nach allen Richtungen vielversprechend an, der Traubenschuß war gut, die Bäume hatten viel Obst angesetzt, die Witterung war der Traubenblüthe und der Heuernte günstig. Den 17. Juni brachte ein Orkan mit Hagelschlag den Gemeinden Rüschlikon bis Horgen und Küsnacht bis Meilen und auch Maur großen Schaden. Der September war kühl und regnerisch und brachte die vielen Trauben nicht zur rechten Reife.

1834 Auf einen ungewöhnlich milden Januar und Februar stellte sich im März starker, trockener Nordwind ein; Ende März und Anfangs April gab es wiederholt Schneegestöber. Um Mitte April begann das freundlichste Frühlingswetter, welches auch den Mai hindurch anhielt; gegen Ende des Monates Mai wehte starker Nordwind, der die Temperatur verminderte und den 27. und 28. dem Glatthal und den anliegenden Gemeinden einen so starken Frost brachte, daß er den Weinertrag fast vollständig vernichtete. Der Sommer war trocken und heiß und zeitigte alle Früchte sehr. Getreide, Obst und besonders Wein gab es in Fülle und von vorzüglicher Qualität. Die Weinlese wurde in der zweiten Hälfte des Monates September allgemein beendigt. Nur ein Gewitter brachte größern Schaden über Birmensdorf, Dietikon, bis Seebach, Affoltern und Kloten.

1835 Das Frühjahr, Juni und Juli waren der Fruchtbarkeit in Bezug auf die Witterung sehr zuträglich; Heu, Getreide und das Obst geriethen wohl und die Reben hatten wieder eine außerordentliche Menge Trauben, die aber in dem nassen August sehr zurückblieben; die Qualität des Weines wurde daher gering. Von Hagelwetter wurden betroffen: den 19. Juli Eglisau, Buch, Norbas, Embrach und Bülach, sie vernichteten fast den ganzen Jahressegen; im August hagelte es über Sternenberg.

1836 Der Zürichsee gefror im obern und mittlern Theil; das Frühjahr war abwechselnd kalt, schneeig, regnerisch und schön. Den 11. und 12. Mai gab es Reif, welcher besonders den Flüssen entlang Schaden verursachte. Den 20. Mai wurde die Gemeinde Elgg von einem schweren Hagelwetter betroffen. Die Monate Juni und September waren vorherrschend naß. Getreide- und Weinertrag entsprachen den Erwartungen nicht.

1837 Den 10. Februar fror der See theilweise zu, war aber am 22. schon wieder offen. April und Mai waren kalt, naß und unfreundlich, am 12. Mai gab es noch Schnee. Den 11. August traf die Gemeinden Schönenberg, Hirzel, Horgen und Wädensweil ein schweres Ungewitter. Auch andere Gemeinden in der Nähe von Zürich, dann Embrach, Marthalen, Benken, Uhwiesen erlitten bedeutenden Schaden. Stellenweise gab es ziemlich viel, im Allgemeinen aber sauren Wein.

1838 Der Monat März und der Anfang April waren sehr schneereich; über die Osterfeiertage, Anfangs April, war vorzügliche Schlittbahn und mit Schnee und Reif endigte der April. In ungewöhnlicher Ausdehnung und Heftigkeit herrschte dieses Frühjahr die Grippe. Der Sommer zeichnete sich in keiner Richtung besonders aus; Ertrag und Qualität des Getreides und Weines können zu den mittelguten gezählt werden. Den 31. Mai wurden Weiach, Glattfelden, Eglisau, Berg und Buch von einem Hagelwetter betroffen.

1839 Frühjahr und Sommer verliefen ohne erwähnenswerthe Witterungserscheinungen; den 14. Juli wurde Fehraltorf von einem starken Ungewitter heimgesucht. Getreide und Futter geriethen reichlich, wie auch Obst. Der Weinertrag war an einigen Orten, wie Horgen, Beltheim, bedeutend, im Allgemeinen in Quantität und Qualität befriedigend.

1840 Auf einen gelinden Winter folgte ein kalter, schneereicher März und darauf wieder sehr freundliche Frühlingswitterung; der Sommer war dagegen mehr regnerisch. Wein gab es viel von mittlerer bis geringer Qualität, Obst war im Ueberfluß vorhanden.

1841 Der Jahresanfang und das Frühjahr zeigten keine besondern Erscheinungen. Den 29. Mai entleerte sich ein Ungewitter mit Hagel über Birmensdorf und Umgebung bis Ottenbach. Den 23. Juni Abends nahm ein heftiges Gewitter mit Schloßen bei Hütten seinen Anfang, setzte sich dann orkanartig über Hombrechtikon, Rüti, Bubikon, Türnten, Hinweil und Wald fort und verwandelte in kurzer Zeit die ganze Gegend in eine Wüste, entwurzelte zahllose Bäume, schädigte eine Menge Häuser und warf lichter gebaute Scheunen um. Der Schaden wurde zu mehr als 600,000 Fr. geschätzt. Das Obst gerieth noch ziemlich wohl, weniger das Getreide, die Kartoffeln und der Wein, der aber sehr gut wurde.

1842 Frühling und Sommer waren der Entwicklung aller Kulturpflanzen günstig, der Herbst war aber mehr naß und die Trauben faulten vor der vollständigen Reife. Getreide, Obst und Kartoffeln geriethen ziemlich wohl. Der Winter begann schon im November mit starker Kälte.

1843 Der April hatte abwechselnd warmes und kaltes Wetter mit Schnee und Reif; der Juni war vorherrschend naß und der Getreide- wie der Traubenblüthe nachtheilig; nicht günstiger waren Juli und August. Am 20. August brachte ein Gewitter dem Bezirk Affoltern großen Schaden und am 21. den Gemeinden Hettlingen und Seuzach. Im Oktober trat schon am 10. und dann am 20. starker Reif ein, der die noch nicht reifen Trauben verderbte, daß man die Trauben an vielen Orten gar nicht einsammelte.

1844 Die hohen Getreidepreise veranlaßten die Regierung, im Frühjahr 4,900 Malter, ca. 5,400 Doppelzentner Getreide aus den Staatsvorräthen zu ermäßigtem Preis (26.80 Fr. per Doppelzentner) abzugeben. Der frühzeitige Frost des Vorjahres hatte einen geringen Traubenschuß zur Folge; Obst mißrieth größtentheils; günstiger waren Getreide- und Kartoffelernte. Die Qualität des Weines war eine mittlere.

1845 Frühjahr und Sommer hatten sehr veränderliches Wetter mit vielen und schweren Hochgewittern, die in den Bezirken Zürich, Hinweil, Uster, Winterthur und Bülach großen Schaden verursachten und die Sammlung einer Liebessteuer veranlaßten. Gegen Ende September machte man die unheimliche Wahrnehmung, daß die noch grünen Kartoffelstauden oft in einer Nacht schwarz wurden und die Knollen theils faulten, theils eine harte, schwarze Kruste erhielten. Die Befürchtung, daß der reiche Kartoffelertrag vollständig zu Grunde gehe, wirkte bei den bereits hohen Getreidepreisen lähmend auf alle Gemüther, denn nie waren früher ähnliche Wahrnehmungen gemacht worden. Die rasche und große Verbreitung der Krankheit über Belgien, Frankreich und Deutschland ließ den gänzlichen Verlust dieses so wichtigen Nahrungsmittels vermuthen. Es fehlte nicht an Belehrungen und guten Räthen, die sich größtentheils als unwirksam erwiesen. Man beruhigte sich wieder einigermaßen, als annähernd die Hälfte der Knollen gesund blieb.

1846 Im Winter und Frühjahr machte sich die entstandene Theurung sehr fühlbar und veranlaßte die Regierung zur Vertheilung von Getreide zu ermäßigtem Preis aus den Fruchtvorräthen. Der Sommer war ungewöhnlich heiß und im südlichen und östlichen Kantonstheil sehr gewitterreich, während im nördlichen Theil große Dürre und Trockenheit herrschte. Den 23. August schwoll die Sihl bis auf 10 Fuß über den gewöhnlichen Stand an, riß mehrere Brücken weg und schädigte das anliegende Gelände. Noch größer waren die Verheerungen der Sihl vom 28. bis 30. August. Höchst auffallend war die Wahrnehmung, daß südlich der Stadt Zürich diese Wassernoth, nördlich die größte Trockenheit und Dürre herrschte. Außer dem Wein, der nicht nur sehr gut, sondern theilweise auch in großer Menge gewonnen wurde, waren fast alle andern Landesprodukte mißrathen; das Getreide war vom Rost befallen, die Kartoffeln großentheils verfault und Obst gab es sehr spärlich, so daß schon im Herbst eine eigentliche Theure und Nothlage entstand. Die Regierung und gemeinnützige Vereine machten große und erfolgreiche Anstrengungen, die Vertheurung aller Lebensmittel zu mindern.

1847 Im Winter und Frühjahr war die Noth im östlichen Kantonstheil sehr groß, weil der Hausverdienst mit den Lebensmittelpreisen in keinem Verhältniß stand. In den Gemeinden Sternenberg und Fischenthal bezogen wohl ⅘ der Einwohnerschaft Lebensmittel zu ermäßigten Preisen oder unentgeltlich. Im Frühjahr wurde allerorts viel Mais gepflanzt. Frühjahr und Sommer waren viel versprechend; Heu und Getreide geriethen reichlich und Obst in ungewöhnlicher Menge, die Erdäpfel litten weniger durch die Krankheit, nur der Wein wurde sauer.

1848 Sehr günstiges, fruchtbares Jahr; alle Landesprodukte geriethen sehr wohl mit Ausnahme der Aepfel. Schädliche Hochgewitter ereigneten sich wenige. Wein gab es ziemlich viel und von sehr guter Qualität.

1849 Etwas später Frühling; ein heißer trockener Sommer beförderte das Wachsthum sehr; der Herbst war mehr naß und der Jahrgang glich vielseitig seinem Vorjahr, nur daß der Obstertrag ein sehr reicher war.

1850 Sehr später Frühling, kühler, regnerischer Sommer. Den 2. Mai fiel noch Schnee mit nachfolgendem Reif. Hochgewitter schadeten den 12. Juni in Embrach, den 7. Juli vom Albis an bis Zumikon, Uster, Pfäffikon und Fehraltorf, den 17. Juli in Mettmenstetten. Den ganzen Monat September hindurch wehte kalter, trockner Nordwind, den 23. und 25. Oktober fiel wieder Schnee, der zur Weinlese zwang, die in Qualität und Quantität gering ausfiel. Der Jahresschluß war sehr gelind.

1851 Den 10. März wurde ein starkes Erdbeben verspürt. Die ersten Maitage waren kalt und der Frost verursachte vielen Schaden. Hagelschläge ereigneten sich den 3. Mai über Dällikon, Regensberg und Oberglatt, den 30. Juli über Ottenbach und Obfelden, den 17. August über Mettmenstetten, Embrach, Oberwinterthur und Elgg. Im Juli trat anhaltendes Regenwetter ein. Die reichlich blühenden Obstbäume hatten nur einen geringen Ertrag. Die Traubenkrankheit (Oidium Tuckeri) wurde im Bezirk Winterthur bemerkt.

1852 Sehr später Frühling, ziemlich heißer, aber kurzer Sommer. Im August schwollen die Gewässer sehr an; den 17. und 18. September regnete es während 30 Stunden so anhaltend und stark, daß alle Gewässer ganz außerordentlich reißend und gefahrdrohend wurden, namentlich die Töß, Thur, Glatt, Reppisch, der Rhein. Vom Oktober bis zu Ende des Jahres herrschte milde Witterung, so daß man im Dezbr. blühende Roggenähren fand. Stäfa hatte den 4. Juni und 13. August starken Hagelschaden.

1853 Später Frühling und vorherrschend naßkalte Witterung bis Mitte Juni. Hagelwetter schadeten den 17. Mai über Richtersweil, den 25. Juli über Oberrieden. Frühzeitiger Frost den 28. September und 5. Oktober war dem Ausreifen der Trauben nachtheilig.

1854 Ende Januar fror der See bis nach Thalweil und das Zürichhorn zu. Im April war aller Wachsthum weit vorgeschritten; am 25. und 26. April verursachte der Frost den Obstbäumen und Reben großen Schaden, im Monat Mai herrschte unstäte Witterung. Hagelschaden traf den 10. Juni Bubikon, den 18. Juni Stäfa, den 22. August Eglisau und den 24. August Wald. Dem Weinertrag waren der Fleck und der Brenner, und den Reblauben die Traubenkrankheit nachtheilig.

1855 Frühlingsfröste den 24. und 25. April brachten dem Obst- und Weinertrag großen Schaden. Starkes Erdbeben den 25. Juli, Mittags 1 Uhr. An der Cholera erkrankten vom 29. August bis 31. Oktober 218 Personen, von welchen 119 starben.

1856 Gehört zu den geringen Jahren, nur der Weinertrag war durchschnittlich lohnend.

1857 Ist den fruchtbaren und gesegneten Jahren beizuzählen. Im Februar war der obere Zürichsee gefroren. Es folgte ein schöner Frühling, heißer Sommer und trockner Herbst. Getreide, Wein und Obst gerithen außerordentlich wohl. Die starke Vermehrung des Borkenkäfers ließ bedeutende Nachtheile für den Nadelholzwald befürchten.

1858 Schöner Frühling, der Schnee am 3. Mai schadete unbedeutend; flüssiger Sommer. Hagelschaden traf den 16. Juni Horgen, Herrliberg, Meilen, Stäfa und Hombrechtikon, den 11. bis 14. August Bülach, Kloten, Embrach, Rütensdorf, Pfäffikon und Umgegend, Horgen, Wädensweil. Im September war lange Zeit ein prachtvoller Komet sichtbar. Warme, feuchte Herbstwitterung verursachte das Faulen der Trauben.

1859 Der Zürichsee fror den 25. Januar bis Stäfa zu, den 25. April verursachte starker Frost großen Schaden. Hagelschläge betrafen den 30. Mai mit starkem Regenguß Wyl und Rafz, am 4. August Affoltern a./Albis, Langnau, Thalweil, Oberrieden und Meilen, am 5. August Weiningen, Engstringen, Regensdorf, Affoltern und Rümlang. Nordlichter wurden beobachtet am 28. August, 24. Sept. und 1. Oktober. Der Obstertrag war sehr gering, besonders der Apfelbäume.

1860 Naßkalter Jahrgang; an 140 Tagen gab es Regen oder Schnee, nur 56 Tage im ganzen Jahr waren hell und 100 Tage waren trübe und bedeckt. Naß und kühl erzeigten sich die Monate Juni, Juli und September. Der geringe Weinertrag wurde sehr sauer. Obst gab es sehr viel. Den 20. Februar fror der obere Zürichsee, den 27. Februar richtete der Föhn große Verheerungen an, am 2. März fiel die Temperatur auf 13° R. unter Null, am 4./5. März erfolgte neuerdings ein Orkan. Den 17. Juli entlud sich ein Wolkenbruch über die Bezirke Hinweil und Pfäffikon mit Hagelschlag; den 28. August schadete ein Gewitter in Stäfa.

1861 Der See fror in der dritten Woche des Januar bis Meilen; Januar und Februar vorherrschend trocken und kalt; der März stürmisch mit 15 Tagen Regen; April trocken und kalt, nur 6 Tage mit Regen oder Schnee; Mai bei vorherrschendem Ost- und Nordwind trocken mit schädlichen Nachtfrösten um Pfingsten; der Monat Juni dem Wachsthum günstiger mit 14 Tagen Regen, Hagelschaden den 17. über Eglisau und am 28. über Männedorf und Stäfa, und den 13. August über Bonstetten; Juli vorherrschend günstig, ebenso August, September und Oktober. Geringer Heu-, Getreide-, Obst- und Weinertrag.

1862 Heftiges Gewitter den 29. März; vom 14. bis 17. April starker Schneefall ohne wesentlichen Schaden; 28. April und 30. Mai Hagel über Horgen und Meilen; der Monat Juni war vorherrschend naß; der Monat Juli günstiger, jedoch orkanartiger Wind am 6. und 30.; die übrigen Monate der Fruchtbarkeit meist günstig. Der Steinobstertrag gering, aber ungewöhnlich reicher Kernobstertrag. Hagelschaden traf: den 30. Mai Hedingen, Ottenbach, Riesbach, Dübendorf; den 29. Juli Weiningen, Engstringen über das Regensdorfer Thal nach Niederhasle und Rümlang, Bassersdorf, Wallisellen, Dietlikon und Unterstraß.

1863 Die vier ersten Monate hatten eine ziemlich hohe mittlere Temperatur, nicht minder günstig waren die Monate Mai und Juni; am 29. Juni traf ein schweres Ungewitter die Bezirke Dielsdorf, Bülach und Andelfingen. In 16 Gemeinden wurde der Schaden amtlich auf 1 Million Fr. geschätzt; an einigen Orten betrug derselbe $^7/_8$ des zu erwartenden Ertrages. Der Ertrag an Aepfeln und Kernobst war gering, etwas besser geriethen die Birnen. Der Wein gehörte zur mittlern bis bessern Qualität.

1864 Der Januar war theilweise sehr kalt, vom 15. bis 17. — 15,$_0$° C., Monatsmittel —6,$_0$° C., am 12. Februar fiel die Temperatur wieder auf — 16° C. und das Monatsmittel betrug — 1,$_1$° C. Im April fiel das Thermometer den 8. nochmals auf — 8°. Im Mai gab es am 8. und 25. bis 27. schädlichen Reif. Der Sommer war im Allgemeinen nicht ungünstig, doch trat den 9. Oktober schon so harter Frost ein (—4,₀° C.), daß die großentheils noch nicht reifen Trauben vielorts erfroren, die höhern Lagen blieben mehr verschont, als die tiefern. Vom Hagelschaden wurden betroffen: den 4. Juni Bassersdorf und Nürensdorf und den 25. Juni Bubikon und Rüti, den 11. August Kilchberg, Pfäffikon, Wallisellen und Regensdorf, den 27. August Regensdorf. Steinobst gerieth in den Bezirken Horgen, Hinweil und Affoltern ziemlich gut; ebenso gerieth das Kernobst im Bezirk Affoltern, theilweise in Horgen, Uster und Dielsdorf.

1865 Trockenes, warmes und sehr fruchtbares Jahr. 240 Tage hatten für Zürich weder Regen noch Schnee und 125 Tage theils Regen, Gewitter oder Schnee. Den 8. und 20. Juli stand das Thermometer auf 31,₀° C. Der März war ein rechter Schnee- und Eismonat. Mit Anfang April trat so günstige, warme Witterung ein, daß am 25. April schon die Birnbäume blühten und die Rebarbeiten fast nicht rechtzeitig beendigt werden konnten; Ende April hatten die Reben schon mehrere Zoll lange Schosse. Anfang Mai blühte der Roggen und gegen Ende begann die Traubenblüthe. Die mittlere Monats-Temperatur betrug im April 12,₀°, Mai 15,₀°, Juni 16,₇°, Juli 19,₇°, August 16,₉°, September 15,₅° und Oktober 9,₃°. Die Weinlese fiel auf Ende September und ergab nicht nur viel, sondern vorzüglichen Wein.

1866 Der Monat Januar war sehr mild und fast schneefrei, der Februar war stürmisch mit viel Regen und wenig Schnee; am 10. März fiel sehr hoher Schnee; kühler, trockner Mai mit Frost vom 16. bis 20. Der Sommer zählt zu den nassen und stürmischen und der September zu den kalten und regnerischen; die Cualität des Weines blieb daher unter Mittel und wurde bei reichem Ertrag selbst gering. Hagelschäden kamen vor: den 18. Juli in Richtersweil, den 10. und 11. August in Bonstetten, Thalweil, Herrliberg, Regensdorf, den 16. und 20. in Adlisweil und Langnau.

1867 Der Boden war im Winter nie andauernd gefroren, doch wurden Temperaturen von — 15,₀° C. am 18. Januar und — 5° am 23. Februar, aber ebenso + 10° am 28. Januar und 14,₀° am 16. Februar beobachtet; im Monat März — 10° am 5., und + 16,₀° am 25. Den 23. und 24. Mai starker Schneefall und den 25. und 26. schädlicher Frost; viele Roggenäcker mußten abgemäht werden; von dem vielen Schnee litten auch die Laubholzwaldungen und Obstbäume. Der Heuertrag war reichlich, aber von geringer Cualität. Den Sommer hindurch war die Witterung naß und kühl mit auffallend schnellem Wechsel von Wärme und Kälte. Schwere Gewitter mit Hagel trafen den 24. Juni Regensdorf, den 29. Juli Rieden und Dübendorf, den 23. August Stäfa. Am 28. September fiel das Thermometer auf 0° und war die Witterung vom 24. an rauh und unfreundlich. Die Ernte war nach Cuantität und Cualität gering, die Kartoffelkrankheit erreichte eine starke Verbreitung; die Reben waren an vielen Orten schon im Frühjahr erfroren und auch anderwärts nicht lohnend. Vom Obst geriethen nur die Aepfel in den Bezirken Dielsdorf, Affoltern und Winterthur. — An der Cholera erkrankten vom 21. Juli bis 9. November im Kanton 765 Personen, die meisten im Bezirk Zürich, es starben 504 Personen. Die größte Zahl der Erkrankungen fiel auf den Monat September.

1868 Auf das vorige Fehljahr folgte wieder ein vollständiges Gerathjahr an Heu — wenigstens in den östlichen und südlichen Bezirken — Getreide, Obst und Wein. Die Frühlings-, Sommer- und Herbstmonate zeigten sehr normale Verhältnisse. Der Hagel schadete den 29. und 31. Mai über Wallisellen und Dübendorf; den 5. Juli über Dietlikon und Wangen; den 13. Juli über Langnau; den 17. Juli über Küsnacht; den 23. Juli über Bonstetten; den 10. August über Hombrechtikon und den 13. August nochmals über Küsnacht.

1869 Dieses Jahr gehört zu den trocknen und warmen; man zählte in Zürich 211 regenfreie Tage und 154 mit Regen oder Schnee. Im Weinland war die Witterung der Traubenblüthe günstig, wo sie in die erste Hälfte des Monats Juni fiel; weniger zuträglich war die Witterung den später blühenden Trauben. Die Kartoffeln geriethen ziemlich wohl im Bezirk Affoltern, während anderwärts der Ertrag ziemlich gering war. Der Obstertrag ist im Allgemeinen zu den mittelmäßigen zu rechnen, ebenso der Weinertrag, dessen Qualität zu den bessern und guten zu zählen ist. Von Hagelschaden wurden betroffen: den 14. Juli Herrliberg, den 30. Juli Horgen und den 30. August Wollishofen.

1870 Januar und Februar waren sehr kalt mit wenig Regen und Schnee; günstiger war der März mit 10 Tagen Regen; warm und trocken der April mit schwachem Regen den 27. und 28.; freundlicher Mai mit 7 Tagen Regen; Juni und Juli waren sehr warm mit je 10 Tagen Regen; unbeständiges Wetter im August bis Mitte September; den 16. Sept. hagelte es über Korbas und Freienstein. Im Oktober fiel während 15 Tagen 216 mm. Regen, den 24. und 25. zeigten sich prachtvolle Nordlichter, ebenso den 19. und 20. November. Der Dezember war ungewöhnlich kalt, besonders vom 22. bis Ende des Jahres. Die Heuernte war mittel bis gering, die Ernte gut, Emd in Quantität befriedigend, Kirschen, Obst und Kartoffeln geriethen wohl.

1871 Der Januar war andauernd kalt; Februar und März waren vorherrschend trocken; der April dagegen mit 18 Tagen Regen mehr naß; der Mai hatte nur 5 Tage mit Regen; im Juni fiel in 20 Tagen 158 mm. Regen; der Juli hatte vom 14. bis 23. sehr heiße Tage; der August war gewitterreich mit sehr vielen Hagelschlägen; wenig helle aber trockene Tage hatte der September; der Oktober war in der ersten Hälfte naß und kühl. Hagelschläge kamen vor: den 26. Juni über Wallisellen und Opfikon; den 31. Juli über Langnau, Adlisweil, Thalweil, Herrliberg und Goßau; den 13. August über Wangen und Regensdorf; den 15. August über Adlisweil, Langnau, Wallisellen und Dübendorf; den 16. Hombrechtikon und Wangen; den 23. Richtersweil; den 26. Wädensweil, Richtersweil und Horgen, Stäfa und Hombrechtikon; den 31. nochmals die drei letzten Ortschaften; den 2. Oktober Unter-Engstringen und Weiningen. Im ganzen Jahr fiel in Zürich während 120 Tagen 875 mm. Regen, während die mittlere Regenmenge zirka 1000 mm. beträgt. Der Obstertrag war sehr gering, die Trauben reiften nicht aus, das Getreide hatte eine ungünstige Blüthe und brachte geringen Ertrag.

1872 Auf einen gelinden Jänner folgte ein mäßig kalter Februar. Im März hatte man an 13 Morgen und im April an 12 Morgen Nebel. Der Monat Mai war naß und gewitterreich; ein Hagelwetter den 19. Mai brachte großen Schaden den Bezirken Affoltern, Zürich, Uster, Pfäffikon und Winterthur, besonders hart wurde Illnau betroffen. In 20 Tagen fiel 258 mm. Regen oder 161 mm. über das Mittel. Der Monat Juni hatte in 15 Tagen 200 mm. Regen oder 81 mm. über das Mittel; helle, warme Witterung vom 13. bis 20. Juni. Hagelschläge trafen: den 3. Juli Uster und Wangen; den 8. Rappel; den 15. Wollishofen; den 28. mit heftigem Sturm und Windhose Wallisellen, Opfikon, Dietlikon, Höngg, Weiningen, Regensdorf, Fluntern, Greifensee, Dübendorf und Uster; den 30. Stäfa. Günstig war die Witterung vom 20. bis 28. Juli. Der Monat August hatte in 20 Tagen 230 mm. Regen oder 104 mm. über Mittel und war daher naß. Den 8. hagelte es über Bonstetten, Ablisweil, Langnau, Seebach und Dietikon. Der September hatte in 7 Tagen nur 24 mm. oder 84 mm. unter Mittel Regen. Der Oktober war bis gegen die Mitte wieder sehr naß und regnerisch und der Traubenreife nicht günstig. Die Regenmenge des ganzen Jahres beträgt in 160 Tagen 1428 mm. Der Getreideertrag war im Ganzen etwas besser als im Vorjahr; Obst gab es wenig und der Wein war von mittlerer Qualität.

1873 Januar und Februar waren mäßig kalt, im Januar andauernder Nebel. März, April und Mai waren vorherrschend naß; während 53 Tagen in diesen Monaten fielen 509 mm. Regen oder 273 mm. über Mittel. Gegen Ende April waren die Reben und die Obstbaumblüthen sehr entwickelt, den 26. und 27. sank das Thermometer unter Null und die Kälte verursachte nicht nur im Kanton, sondern in ganz Mitteleuropa enormen Schaden dem Getreide, wie allen Obstarten. Der Monat Mai war kühl, Juni dagegen trocken und warm; Juli, August und September im Ganzen nicht ungünstig. Ein Hagelwetter brachte den 14. Juli den Gemeinden Affoltern, Ottenbach, Wollishofen, Ober- und Unterstraß, Affoltern b./H., Kloten, Wallisellen, Bassersdorf; den 2. August Wädensweil, Horgen, Oberrieden, Stäfa, Küsnacht, Hombrechtikon, Bubikon und den 2. September Mettmenstetten, Bonstetten, Langnau neuen Schaden. Im ganzen Jahr fiel während 146 Tagen 1285 mm. Regen.

1874 Die Monate Januar, Februar und März waren mäßig kalt, vorzugsweise trocken und blieben mit 80 mm. unter dem Mittel der athmosphärischen Niederschläge. Ueber Mittel Regen hatten die Monate April und Mai und die Temperatur blieb im Mai 4° unter Mittel. Verderblich waren die Frühlingsfröste vom 29. auf 30. April und vom 2. auf den 3. Mai. Der Roggen mußte an vielen Orten abgemäht werden; der Schaden am Futterertrag wurde zu 40 %, der Reben bis ¾ des Ertrages angenommen. Das günstige Wetter im Juni machte manchen Schaden wieder gut. Günstig blieb auch die Witterung in den Monaten Juli, August, September und Oktober. Nur in etwa 15 % des sämmtlichen Reblandes erhielt man weniger als 5 Saum Wein pr. Juchart. Der Gesammtertrag des Weines im Kanton belief sich auf zirka 308,000 Hektoliter. Der Ertrag an Aepfeln war mehr als gut, an Birnen unter Mittel, an Kirschen unter Mittel, an Zwetschgen gering, an Kartoffeln ziemlich gut. Der Hagelschaden war dieses Jahr nicht bedeutend und betraf nur die Gemeinden Uster den 10. Juli, Richtersweil, Kilchberg, Oberstraß und Unterstraß den 25. Juli. Die Regenmenge beträgt für 147 Tage mit Regen 1078 mm. und kann als Mittelquantum betrachtet werden. In Zürich gab es Gewitter während 11 Tagen, heiter waren 70 Tage, trübe 109 Tage.

1875 Der Januar war gelind mit viel Regen; die Monate Februar, März und April hatten zusammen nur an 22 Tagen wenig Regen und blieben mit 107 mm. unter dem Mittel; Februar und März zudem ziemlich kalt; der April trocken und warm. Im Mai fiel den 1., 2., 10., 18., 22. und 23. ziemlich Regen. Die Regenmenge der Monate Mai, Juni und Juli betrug 131 mm. über Mittel; günstig waren die Monate August und September. Hagelschläge betrafen: den 18. Mai mit nicht bedeutendem Schaden Kappel und Wyla; mit sehr erheblichem Schaden den 10. Juni Käpfnach, Meilen, Uetikon, Egg, Mönchaltorf, Uster, Pfäffikon, Seegräben, Hittnau, Bauma und Sternenberg; den 15. Hirzel, Langnau, Oberrieden, Meilen, Uetikon, Egg, Maur, Wangen; 7./8. Juli Aeugst, Dietikon, Schlieren, Engstringen, Altstetten, Höngg, Enge, Fluntern, Ober- und Unterstraß, Schwamendingen, Oerlikon, Wallisellen, Lindau, Wülflingen, Zell, Schlatt, Hofstetten, Dynhard; 21./22. Juli Urdorf, Wettsweil, das Wehnthal, Wangen, Embrach. Der Schaden wurde nur für Meilen zu 351,000 Fr., für den Bezirk Uster zu 205,000 Fr., Bezirk Pfäffikon zu 84,000 Fr. und für den Bezirk Winterthur zu 42,000 Fr. geschätzt. Die Liebessteuer ertrug 29,715 Fr. Heftige Südweststürme vom 6. bis 11. November verursachten den Waldungen großen Schaden. Der Wein gerieth sehr wohl; der Durchschnittsertrag im ganzen Kanton wurde zu 27 Saum pr. Juchart oder 112 Hektoliter pr. Hektare und der Gesammtertrag zu 327,511 Saum (491,266 Hektoliter) berechnet. Die Aepfel mißriethen fast gänzlich, Birnen und Kirschen gab es etwas über Mittel. Die Regenmenge für Zürich betrug in 142 Tagen 1321 mm.; Gewitter ereigneten sich 15, ganz heiter waren nur 46 Tage und trübe 145 Tage.

1876 Der Januar war kalt und trocken, bloß 15 mm. Niederschläge; die Monate Februar, März, April, Mai, Juni hatten ungewöhnlich viel Regen, nämlich 1257 mm. oder 816 mm. über Mittel; der Monat Juni hatte allein die unerhörte Regenmenge von 430 mm. und davon kamen für Zürich auf die Tage vom 10. bis 12. Juni 272 mm., während die Regenmenge im Flußgebiet der Töß und Glatt in diesen Tagen 300 bis 400 mm. betrug; bestimmte Messungen liegen nur von Winterthur 305 und St. Gallen 314 mm. vor. Das Hochwasser der Töß und der Glatt richtete ungeheuren Schaden an; zahlreiche Erdrutschungen kamen im ganzen Kanton vor. Der Gesammtschaden für Staat, Gemeinden, Privaten und Eisenbahnen ist für den Kanton auf 4,716,000 Fr. geschätzt worden und blieb noch erheblich unter der Wirklichkeit. Die Liebessteuer betrug im Kanton 252,503 Fr., wozu die eidg. Staatskasse weitere 251,496 Fr. zutheilte. Dazu kommen noch zahlreiche Hagelschläge: den 8. Juni von Hombrechtikon und Stäfa bis Bubikon und Hinweil; den 18. Juni Hinweil und Wyla; den 24. Juli Ottenbach, Langnau, Oberrieden, Thalweil, Horgen, Erlenbach, Hombrechtikon, Bubikon, Volletsweil, Brüttisellen, Fehraltorf, Illnau, Russikon, Sternenberg, Dynhard, Seen, Andelfingen, Marthalen, Benken, Stadel, Windlach, Hüntwangen; den 14. August Uitikon, Wettsweil, Erlenbach, Eglisau und Wyl; den 18. August Rickenbach, Henggart, Marthalen und Rheinau; den 25. August das Wehnthal und Regensdorferthal; 14./15. September Urdorf, Unterstraß, Höngg, Wiplingen, Bassersdorf, Stadel, Eglisau und Wyl. Der Monat Juli war vorherrschend schön und warm; die zweite Hälfte August und der Monat September waren wieder regnerisch; dagegen der Oktober sehr trocken, schön und warm, wodurch das Abreifen der Trauben sehr begünstigt wurde. Die Juchart Reben ergab durchschnittlich im Kanton 17 Saum (72 Hektoliter pr. Hektare) oder 209,433 Saum (314,149 Hektoliter). Der Heuertrag war wie im Vorjahr unter Mittel. Obst gab es allgemein sehr wenig, es war ein völliges Fehljahr. — Im ganzen Jahr erreichte in Zürich die Regenmenge in 147 Tagen die seltene Höhe von 1987 mm.; 56 Tage waren hell und 147 Tage bewölkt.

1877 Januar sehr warm, der wärmste seit Beginn der Beobachtungen auf der Sternwarte 1864. In der ersten Hälfte häufig intensiver Föhn. Februar ebenfalls recht mild, häufige warme Westwinde. Heftige Niederschläge vom 12.—14. Februar, namentlich im Kanton Glarus und im St. Galler Oberland. März ziemlich kühl; am 2. März Vorm. wurde mit — 13 Grad (Cels.) das Minimum des Winters beobachtet. April und Mai waren ebenfalls kühl, der Juni dagegen sehr warm. Am 12. Juni schon, also sehr früh, wurde das Maximum der Sommertemperatur zu 32.4 beobachtet. Die Tage 10.—14. Juni zeigen das höchste Temperaturmittel seit 1864; der Niederschlag war in diesem Monat gering. Weder Juli, noch August, der um 1 Grad wärmer als dieser war, erreichten die Mitteltemperatur des Juni, ein sehr seltener Fall. Juli war regnerisch. Der September war sehr kalt und ziemlich trocken, der kälteste seit Beginn der Beobachtungen. Dasselbe gilt vom Oktober. November und Dezember waren mild, die Temperatur stand 2 Grad über dem Mittel. Das Jahresmittel der Temperatur kam etwas höher als das normale zu stehen, aber die Vertheilung der Wärme war eine sehr ungünstige, Frühjahr und Herbst, sowie ein Theil des Sommers waren viel zu kalt. Ueber die Niederschlagsverhältnisse giebt die nachfolgende Tabelle genauen Aufschluß.

Hagelschläge kamen vor: Am 22. Juni über Richterswyl, Stäfa, Hombrechtikon, Bubikon, Seuzach; 14. Juli über Knonau, Maschwanden, Mettmenstetten, Obfelden, Rifferswyl, Hausen, Aeugst, Langnau, Wallisellen, Rümlang, Weiach, Glattfelden, Eglisau, Berg, Buch, Dorf, Henggart, Dägerlen, Adlikon; 16. August über Oberrieden, Herrliberg, Meilen, Egg, Pfäffikon, Wyla; 31. August über Hombrechtikon, Bubikon und Rüti.

Der Gesammtertrag des Weines wurde für den Kanton zu 171,000 Saum = 256,000 Hektoliter berechnet, pr. Juchart 14 Saum, pr. Hektare 59 Hektoliter und blieb im Allgemeinen, wie auch die Qualität, unter Mittel. Sämmtliche Getreidearten gaben einen Ertrag von 335,600 Doppelztnr., 5,₈ Tplzl. pr. Juch. 16,₁ Dpz. pr. Hektare, und kann als gut bezeichnet werden. Der Ertrag an Heu (Grün- und Dürrfutter) war ein ungemein reicher und beträgt für den Kanton zirka 7½ Millionen Ztr., 47 Ztr. pr. Juchart, 132 Ztr. pr. Hektare. Die Kartoffeln geriethen nicht gut und faulten schon im Boden. Der Gesammtertrag übersteigt kaum 1,₂ Millionen Ztr., 42 Ztr. pr. Juchart, 117 Ztr. pr. Hektare. Obstertrag: Aepfel, mittel; Birnen, gering; Kirschen, gering bis sehr gering; Zwetschgen, sehr gering; Baumnüsse, mittel. Aepfel wurden verkauft à 5—10 Fr., Birnen à 4—8 Fr. pr. Ztr.

Monats- und Jahressummen der Niederschlagsmengen auf den zürch. Regenstationen 1877.

Stationen.	Januar	Februar	März	April	Mai	Juni	Juli	August	September	Oktober	November	Dezember	Jahr mm.	Regentage	Maximum mm.	Tag
Rheinau	—	—	—	—	95	43	127	67	53	27	91	86	—	—	—	—
Andelfingen	—	—	89	103	93	38	152	76	43	23	82	76	951*	167*	36	IV 10
Schöfflisdorf	92	137	119	117	122	59	145	86	62	44	97	115	1195	183	39	IV 10
Wyl (b. Rafz)	71	128	100	118	121	33	157	68	62	36	99	107	1100	176	42	IV 10
Eglisau	—	114	108	116	106	51	178	77	55	25	91	88	1093*	166*	40	IV 10
Bülach	—	—	106	94	91	31	142	87	47	30	89	77	969*	166*	42	IV 10
Winterthur	—	125	118	116	89	50	177	93	50	32	80	99	1109*	173*	43	IV 10
Kollbrunn	—	—	—	—	—	—	189	105	47	44	107	171	—	—	—	—
Etzikhof ⎫	60	112	103	127	111	49	204	105	49	43	91	91	1145	175	50	IV 10
Sternwarte ⎬ Zürich	76	114	95	126	124	46	188	118	47	39	83	94	1150	176	46	IV 10
Adlisberg ⎭	—	—	—	—	—	66	190	115	47	40	87	106	—	—	—	—
Uster	—	—	—	—	—	—	159	—	39	39	74	112	—	—	—	—
Illnau	55	132	124	126	112	53	198	110*	41	51	85	108	1196	166	47	IV 10
Fehraltorf	—	117	126	138	113	58	192	127	35	50	78	108	1215*	174*	47	IV 10
Russikon	64	141	148	149	130	66	206	126	37	56	82	117	1325	193	47	IV 10
Pfäffikon	52	130	127	128	123	82	229	147	40	45	78	115	1306	183	38	II 13
Ryburg	82	152	130	150	107	65	175	104	48	46	97	128	1286	177	49	II 13
Wildberg	96	180	159	174	130	60	204	110*	41	56	102	147	1459	191	58	II 13
Bauma	—	—	—	—	142	158	249	133	44	74	114	147	—	—	74	VI 21
Sternenberg	47	176	122	149	130	139	224	136	44	49	71	72	1359	179	79	VI 21
Hedingen	—	77	85	—	140	74	187	122	44	36	68	89	1080*	173*	—	—
Mettmenstetten	—	69	82	139	149	73	208	132	44	37	75	100	1244*	172*	52	II 13
Albisbrunn	—	—	—	—	—	86	218	154	52	65	103	129	—	—	—	—
Thalweil	—	—	110	173	143	97	230	112	51	48	89	139	1414*	176*	50	IV 10
Sihlwald	—	137	121	221	175	104	255	132	50	85	108	129	1637*	182*	71	VI 21
Horgen	—	—	—	—	—	—	152	—	50	59	98	143	—	—	—	—
Wädensweil	68	180	121	177	125	136	229	213	46	54	94	136	1579	199	78	II 13
Richtersweil	—	—	—	—	—	—	—	—	49	57	94	138	—	—	—	—
Männedorf	—	—	—	142	114	152	223	182	41	44	76	116	—	185*	—	—
Stäfa	—	—	—	—	—	—	191	—	45	54	78	131	—	—	—	—
Grüningen	—	—	110	122	96	118	235	149	35	44	83	114	1285*	182*	48	II 13
Ottikon	—	—	—	—	—	104	242	158	36	43	77	109	—	—	—	—
Fischenthal	—	—	—	—	—	—	—	—	—	—	103	146	—	—	—	—
Wald	75	212	158	163	141	168	242	238	50	63	91	155	1756	185	60	VI 21

Die mit * bezeichneten Angaben sind nur approximativ.

Resultate der Niederschlagsmessungen

an den zürcherischen Regenstationen im Jahre 1877.

———

Der Niederschlag ist unter den meteorologischen Elementen dasjenige, welches am längsten jeder Regel und jedem Gesetz, unter das man die Häufigkeit und Intensität seines Auftretens zu bringen versuchte, spottete. Deßhalb sind auch die Regenmessungen bis in die neuere Zeit sehr vernachlässigt worden und unter den klimatischen Daten verschiedener Orte findet man am spärlichsten und meist die kürzeste Reihe von Beobachtungsjahren umfassende Angaben über Niederschlagsverhältnisse. In den letzten Dezennien ist es jedoch der Meteorologie gelungen, auch in dieses Gebiet etwas Licht zu bringen und es hat sich namentlich herausgestellt, daß die Regenmengen mit den geographisch-physikalischen Verhältnissen sehr eng zusammenhängen und nicht etwa bloß durch die Jahreszeit und die geographische Breite des betreffenden Ortes bedingt sind. Insbesondere haben die Beobachtungen der schweizerischen meteorologischen Stationen konstatirt, daß die Alpen als mächtiger klimatischer Modifikator auch auf die **Niederschlagsverhältnisse** ihrer Umgebung von großem Einfluß sind. Sie stellen sich der vom Ocean herwehenden äquatorealen Strömung als hoher Damm entgegen; um diesen zu überschreiten, müssen die mit Wasserdampf geschwängerten Luftmassen aufsteigen, sich hiebei ausdehnen und abkühlen, was eine gleichzeitige Kondensation des Wasserdampfes, also Niederschlag, zur Folge hat. Auf der andern Seite des Gebirgszuges kommt die Luftströmung ziemlich trocken an und es fällt hier nur wenig oder gar kein Regen. Die Alpen bilden also einerseits eine Scheidewand für die Regenverhältnisse der nördlich und südlich von ihnen liegenden Gebiete, anderseits aber geben sie in der angedeuteten Weise Veranlassung dazu, daß sich an ihren beidseitigen Terrassen die Niederschlagsmenge mit zunehmender Annäherung an den Kamm und zum Theil auch mit wachsender Niveauhöhe steigert. Denn von beiden Seiten her (indessen selten gleichzeitig) werden die Alpen von wasserdampfreichen Luftströmungen getroffen.

Aber wenn dies Hauptresultat auch durch die zirka 70 Stationen des schweizerischen Netzes festgestellt ist, so zeigen sich doch in den Angaben der einzelnen Orte solche Differenzen, daß man gezwungen ist, auch den lokalen

Eigenthümlichkeiten einen mächtigen, modifizirenden Einfluß zuzuschreiben. Es ist daher namentlich für unsere Schweiz, deren orographisches Relief ein sehr mannigfaltiges ist, ein sehr dichtes Netz von Regenstationen nothwendig um die Niederschlagsverhältnisse genauer fixiren und die verschiedenen Einflüsse, denen sie unterworfen sind, erkennen zu können. Den unausgesetzten und eifrigen Anregungen, die Herr C. K. Müller, Chef des kantonalen statistischen Bureaus, in allen Bezirken des Kantons anfachte, ist es gelungen, ein solches Netz im Kanton Zürich zu organisiren. Auf den bei Anlaß der enormen Regengüsse im Juni 1876 im Herbst desselben Jahres erlassenen Aufruf hin stellte sich bald eine schöne, Ende 1877 bis auf 34 angewachsene Zahl von Beobachtern ein, welche die Mühe und Unbequemlichkeiten nicht scheuten, die ein Unternehmen fordert, das sowohl in rein wissenschaftlicher, als auch in praktischer Hinsicht, namentlich für die Landwirthschaft von großer Bedeutung ist. Mögen andere Kantone folgen.

Zur Erreichung unseres Zieles haben auch einige unter den gemeinnützigen Bezirksgesellschaften (in hervorragender Weise diejenigen von Pfäffikon und Affoltern) höchst anerkennenswerthe Opfer gebracht und es scheint mir daher angezeigt, in unserm Jahrbuch jeweilen die Resultate der Beobachtungen zusammenzustellen.

Die vorstehende Tabelle zeigt die Ergebnisse von 1877. Ein einzelner Jahrgang kann natürlich noch keine normalen Werthe liefern hinsichtlich der absoluten Mengen auf den einzelnen Stationen, noch auch die lokale Vertheilung über dem Kanton feststellen. Immerhin kann man aus der Vergleichung der Jahressumme der auf der Sternwarte in Zürich gemachten Messungen mit dem 12jährigen Mittel, welche pro 1877 einen Ueberschuß von nur 50 Millimeter ergibt,* schließen, daß die Regenmenge des verflossenen Jahres für die ganze nordöstliche Schweiz nicht sehr weit von der normalen abweicht. Anderseits zeigen die großen Differenzen, die nicht bloß in den Jahressummen, sondern fast durchgängig auch in den Monatssummen auf den verschiedenen Kantonstheilen zu Tage treten, daß in der That auch auf einem so kleinen Landstrich, wie ihn der Kanton Zürich bildet (33 Quadratmeilen) die Terrainverhältnisse eine große Verschiedenheit in der

---

* Für St. Gallen, Altstätten (Rheinthal) und Lohn (Schaffhausen) ist der Ueberschuß freilich größer, in Basel dagegen negativ, d. h. die Jahressumme pro 1877 blieb unter dem 12jährigen Mittel.

Regenmenge der einzelnen Gebiete bedingen. Die Extreme, welche bei den Jahressummen fast das Verhältniß von 1 : 2 erreichen, stehen in einigen Sommermonaten bis um den vierfachen Betrag auseinander.

Ich beschränke mich in diesem ersten Bericht darauf, das unzweifelhafte Ergebniß zu konstatiren, daß die **nördlichen, flachen Kantons= theile die geringste Regenmenge** aufweisen, daß diese letztere gegen Süden und namentlich gegen Südosten hin ziemlich rasch zunimmt, daß also ganz den oben angedeuteten Anschauungen entsprechend die An= näherung an den Alpenkamm und das Ansteigen des Niveaus eine **Vermehrung des Niederschlags** bedingt.

Auf die Untersuchung der lokalen Einflüsse in den vielen und großen Unregelmäßigkeiten der Regenvertheilung, wie sie die Formation der Berg= ketten, die Richtung und Beschaffenheit der Thäler, die Nachbarschaft des Sees ꝛc. mit sich bringen, trete ich jetzt noch nicht ein, da die Gesetzmäßig= keit derselben sich erst aus einer längern Beobachtungsreihe mit der wünschenswerthen Sicherheit und Unzweideutigkeit ergibt. Auch sind, wie aus der Tabelle zu ersehen ist, viele Stationen erst im Laufe des Jahres in die Reihe gerückt und selbst heute zeigt das Netz noch einige Lücken. Die Orte, welche dasselbe wesentlich ergänzen würden, sind: Dietikon, Stammheim, Pfungen, Kloten, Elgg, Zumikon, Hütten und Bachtel. Es wäre sehr erfreulich, wenn diese Zeilen dazu beitragen sollten, daß die Lücken durch weitere Opfer von Seite der Gemeinden oder Privaten aus= gefüllt würden.

Der Tabelle beigefügt ist die Anzahl der Regentage.[*] Diese schwankt innerhalb viel engerer Grenzen als die Regenmengen, ein Beweis, daß die lokalen Einflüsse des Terrains weniger den Witterungscharakter als solchen zu modifiziren vermögen, daß die Modifikation sich vielmehr meist bloß auf die Intensität des Phänomens erstreckt. Diese Zahlen würden sogar noch besser unter sich übereinstimmen, wenn die Messungen überall mit derselben Genauigkeit erfolgt wären; allein es geht aus den eingegangenen Tabellen mit Bestimmtheit hervor, daß an den einzelnen Stationen dieselben nicht mit der gleichen Umsicht geschehen und daß an einigen Orten die Angaben öfters das Ergebniß von mehr als einem Tag bilden. Ich habe durch sorgfältige Interpolation diese Fehlerquelle möglichst zu beseitigen gesucht; ganz konnte dies indessen nicht geschehen und so will ich denn u. A. nur

---

[*] Als solche wurden nur die Tage mit wenigstens 0.₅ Millimeter Regenmenge gezählt.

erwähnen, daß z. B. die relativ hohe Zahl der Regentage in Russikon gegenüber denjenigen der umliegenden Orte, zum größten Theil aus der ungewöhnlichen Sorgfalt, mit welcher dort die Beobachtungen angestellt werden, resultirt.

Das Jahr 1877 hat unserer Gegend jedenfalls wie an Regenmenge so auch an Regentagen etwas mehr als das normale Maß gebracht.

Zum Vergleich füge ich bei, daß aus einer langen Reihe von Beobachtungsweisen sich die mittlere Zahl der Regentage ergeben hat:

   in Basel   zu 150 Tagen
   in Genf   „ 125 „
   in Süddeutschland durchschnittlich „ 154 „
   in England   „   „ 176 „
   in Ober-Italien   „   „ 88 „
   in Süd-Italien   „   „ 71 „

Endlich finden sich in der Tabelle noch angegeben die Maxima des Regenfalls innerhalb 24 Stunden. Dieselben variren unter den einzelnen Stationen ungefähr im selben Verhältniß, wie die Jahressummen, fallen aber nicht auf dasselbe Datum, sondern auf 3 verschiedene Tage. Die nördlichen Stationen bis an die Breite von Zürich hatten dasselbe am 10. April und weisen ziemlich übereinstimmende Mengen auf, die südlichen und einige östliche am 13. Februar, auf welchen Tag mehrfache Ueberschwemmungen folgten; in Bauma, Sternenberg, Sihlwald und Wald endlich fiel dasselbe während des Gewitters vom 21. Juni und erreichte hiebei die in der Tabelle figurirenden sehr hohen Beträge von 60—79 mm.

Zürich, im April 1878.

                  R. Billwiller,
                Chef der meteorologischen Zentralstation.